講談社文庫

岸和田少年愚連隊

中場利一

岸和田少年愚連隊

プロローグ

「もう！　何度言ったらわかるの。言葉づかいをもっと良くしなさいと言ってるでしょう」

　そんなことを学校の先生に言われたのは、いつ頃だったろうか。たしか五年生か六年生の頃だったと思う。それまでも何度も何度も言葉がキタナイと注意を受けていた。

　毎年、新しい学年になるたびに「ご家庭の方でも、言葉づかいに注意してあげてください」という母への手紙らしきものをもらった。

「そらえらいこっちゃ。明日からおまえ、きれいな言葉しゃべりー」と母は毎年その手紙を読んでは私に注意をした。

「きれいな言葉てお母《か》ん、どんな言葉な」と母に聞き返すと、「お父ちゃんに聞き」と決まってそう言った。

　その父は「あほやノオーおまえは。そんなもん簡単やんけ、テレビとおんなじ言葉しゃべったらんかい」と言う。

　しかし、生まれてから学校に行くようになるまで、先生たちが言う美しい言葉なんて聞いたことがなかったのだから急にできるワケがない。「テレビのようにしゃべれ」と言っている父親でさえ、あくる日の朝には「おい今日は学校休め休め。万博に行こ。おもしょいぞー万博は。月の石がゴロンゴロンころがってるらしいぞー。そんな先公ほっといて万博行こ。よし決定や、おーいオバハン、おまえも今日は休め、バンパクー」などと朝から走りまわっているのである。母も「せやな、今やったら太陽の塔の目の玉の中に人がはいってるらしいな。ひょっとして落ちるトコ見れるかもしれんしな。行こか」と言い出すのだ。

その頃はまだ家には電話がなかった。近所にもそんな気のきいたものをもっている家はなかったので、当然無断欠席となり、となると、心配しなくていいのに先生は家までやってくる。そして近所の人に「おうー今日は万博に行って帰りにてっちりでも食て帰る言うてたで。何か用やったら言うといたるで、オバハン」と言われ、プルプルとふるえ、その場に立ちつくすこととなる。

先生も大変である。万博会場に出かけたのは私の家族だけではないから、あちこちの家を回りそのたびに「オバハン」と言われたであろう。あくる日学校へ行くと「てっちりおいしかったですか」とか「うどんすきはどうでした」とか「スキヤキ食べてきたの」などと、あっちこっちの奴にひきつりながら言っていた。しかし、しかたない。そういう土地柄なのである。

私の家は、梅田や難波を大阪の中央部と呼ぶならば、そこから電車に乗り急行で四十分ぐらい南に向かったところ「岸和田」にあった。

その岸和田の手前に「春木」という小さな町があり、その町が私たちのホームグラウンドであったのだが、その町は小さなクセになかなかバイタリティーにあふれていて、岸和田競馬場も岸和田競輪場もその中に押し込められていたので、普段知らん顔して通り過ぎる急行列車も、開催日だけはきっちり停まり、町の人口の何倍ものオヤジどもを吐き出していくのである。

そんな、普段はおとなしいが切れると恐い町のはずれに磯ノ上という小さな漁師町があり、その漁師町の中でも一番海に近く、もうそれ以上は向こうへは行けない、ここからは海、というところに私の家があった。私が小学校へ通う頃には海は埋め立てられ、大きな材木がゴロゴロところがるだけの木材コンビナートになってしまい、もうすでに漁師町ではなくなっていた。が、その風は十分に残っていて、少し離れた漁港に船をつないでまだ細々と漁師をやっている家もたくさんあった。

道を歩く人たちも、みな真っ黒で、夜なんかカメレオンのように夜の色になじんでしまい、前からステテコだけが歩いてくるように見えたりした。その中でも一番浜寄りにポツンと町中から離れて三十戸ぐらい家が建っているところをレンガ場といい、けっこう気の荒い人々だけが住んでいた。その中に私の家があった。

どういうわけか私の家の周りの人は、ケンカに負けることを極度に嫌い、うちの父はその先頭に立つような人だった。父には兄弟が多く、男だけで七人、女も入れると九人になった。またその兄弟たちも全て負けず嫌いであり、このレンガ場の住人であり、全ての人が定職をもたずにブラブラとしていた。

父の親、つまり私の祖父や祖母も住んではいたが、

「ライオンのオスは仕事なんかするかい」

などと言っては、毎日ブラブラとしながら酒ばかり飲んでいる父に注意などを与える様子もなかった。いや言えないのである。祖父も祖母もかなりアバウトな人たちであったのだ。

うちの父の兄弟のうち、上から四人目までは生年月日が同じなのである。

「あらま、うまいこと産んだもんや」と他人は言うが何のことはない、届けるのがめんどくさいから、四人分まとめて出しただけのハナシである。

「おまえのお父ちゃんが生まれた日は雪がきれいでなあ」

目を細めて言う祖母が届けた日付は八月である。だから父を含めた上四人だけに限らず下の方もあやしいものである。

「まあしゃーないわい、おじいちゃん昔はいそがしてなあ、バリバリと遊んでたか

ら」

目を細めて言う祖父に育てられた父もまたバリバリと遊んでいた。

私は生まれて大きくなるまで、父がまともに働いているのを見たことがなかった。

たまに仕事を見つけて行っても、あくる日には家でゴロリと寝ころびながら、

「人間死ぬまで仕事せなアカンからな、ボチボチやらなあかん。仕事やりすぎて俺が早よ死んだりしたら、この子が不憫で」

などと言いながら母に「江美ちゃーん」と言ってはこづかいをせびっていた。

そのかわり父にしろ祖父にしろ父の兄弟にしろ、ケンカだけは強かったようで、その名は町内に鳴り響いていて、父の顔を見るだけでスゴスゴと逃げまわる大人が多かった。

「わっはっはっは、あいつらこのあいだ、しばきまわしたってん」

と言いながら逃げる人を一日中追いかけまわす父や、

「ええか、世の中にはなんぼやっても勝てんぐらい強い奴もおる、そんな奴はな、生かしといたらロクなことないからな、殺してしもたらええんやで、どないするか教えたろか」

と身ぶり手ぶりで教える祖父や、

「ケンカに勝と思たらな、勝つまでやるこっちゃ、絶対勝つまでやめたらアカンど」

と大声を出す父の兄弟たちなどが、全員ヒマをもてあまし昼間から私の家の前などをブラブラしているのだから、私などたまったものではなかった。

I

小学六年生の頃、夏休みに私は近所の酒屋のアルバイトをした。ほんのおこづかい程度のアルバイト料だったが、それを決めてきたのは父で、ウイスキーをもらって帰ってきて「明日からアルバイトをするように」と言った。父がキレイな言葉を使うときは決まってロクなことがない。

しかたがないので行くようになったが、自転車でビールをガチャコン、ガチャコン運んでいるとき、少し山手の酒屋でアルバイトをしている中学生とよくスレ違った。最初の頃は別に何もなかったが、しばらくすると、後ろからやってきては私をケトばしたりするようになった。体つきは私の倍以上ある。イヤなやっちゃなーと思いながら何も言わずにいたが、毎回毎回そんなことをする。もう黙ってられない。「りっちゃん、怒ったらこわいねんやからなー」と思い、ケリ返してやった。そいつはすぐ自転車を停め、ズカズカと歩いてやってくると「おいコラ、おまえ小学生のクセに、なにイチビってんねん」と言ってきた。アホかこいつはと思った。中学生にもなって小学生相手にケンカを売っているこやつの方がイチビってるではないか。「小学生のくせに酒屋のバイトなんかするなボケ」と言われた。好きでやってるワケじゃない。うちの鬼のような父親が俺を売り飛ばしたんじゃいと言っても、きっと信用してくれないだろうと思って、もうめんどうくさくなってきた。「やったる」と思った。

今では私も良識ある大人であるからある程度まではガマンできるが、このクセはぬけておらず、めんどうくさくなってくると「やったる」と思ってしまう。しかし何度も言うが私は今や良識ある大人である。その頃より五分はガマンできる自信がある。しかしその頃はガマンできない大人たちに囲まれていたので、すぐ「やったる」状態になった。

幸いにも自転車のうしろにビールケースをつんでいる。後ろ手にソーと手を伸ばしビールびんをつかんだ。「よし、やった」と思い、スパッとビールびんをとり出しそいつの頭をめがけて思いっきり打ちおろした。

しかし悲しいかな、私が乗っていた自転車は酒屋のオジイちゃんの借りものである。小学生の私にはペダルに届くのがやっとで、地面へはチョコンと片方ずつどちらか一方のつま先が着くぐらいである。見事にバランスをくずし、ビールびんの一撃も空振りし、その場にドガチャーンとひっくり返ってしまった。

あとはもうやられっぱなしである。倍以上に体格が違う中学生相手に一発目を失敗すればもうかなわなかった。コテンコテンにやられた。顔中がキナ臭く、十センチぐらい自分の顔が浮いているみたいに感じた。

「どないしたんやボク。いけるか、だいじょうぶか」と心配してくれたのは酒屋の主人だけであった。「今日はもうウチ帰り」と言われ、スゴスゴと歩いていても近所の人は「ワッハハハ、ドッジボールみたいな顔になってもうてー、にぎやかな顔やなー」と言う。十メートル歩くたびに年寄り連中も「オーウ、勝ってきたんかい」と言う。これから父の兄弟の家の前を通って家に帰らなくてはならないと思うと頭がよけい痛くなってくる。

言われることはわかっている。ただ一言「もういっぺん行ってこい」である。勝ってくるまで家には入れてもらえない。父が言わずとも父の兄弟が言う。兄弟ゲンカだけでノコギリを思いっきり振りまわす兄弟である。母なら「かわいそーになあ、お父ちゃんに見つからんように顔洗ろて、今日はもう寝り」と言ってくれる。「ウウウ、おかーちゃん」と言うと「そのかわり明日、はよ起きて行き、寝ボケてるところねろうたらラクや」とも言ってくれる。何とすばらしい両親だろうか。

「おうどないしてん、どないしてん、だれにやられた。いつ行くんな。すぐ行け、さあ行け」全くやかましい大人たちである。父の兄弟だけでもやかましいのに、隣近所の人々が口をそろえて、「さあ行け、すぐ行け」とけしかける。

「そうかあ、相手は中学生かいな、良かったなあ、何回負けてもはずかしないわ。何遍でも行けるなあ」と、ほとんど寝たきりのはずの隣のクソババアまで起きてきて言ってくれる。

「ただいま」と家の中に入っても何の返事もなかった。ただテレビの声だけがしている。もう一度「ただいまあ」と言ってテレビのある部屋に入ると、父は腕まくらで横になりテレビを見ていた。そしてクルリと振り返るとジーと私の顔を見つめ「ええか、自分で向こうの家の玄関開けたらアカンぞ。向こうに開けさせい。ほんで向こうの手が玄関の戸持ってるうちにレンガで思いっきりどづいたれ」それだけを言うと、またテレビの方に顔を向けている。テレビには宝塚歌劇らしいものが映っていた。きれいな女の人たちがスラッとした脚をピョンピョンとあげるたびに父はテレビの方に顔を向ける。脚をおろして何やら歌い出すと、また私の方を振り返り「何してんな早よ行てこい」と言う。脚をピョンピョンとあげだすとまたもや「おっ」とテレビの方を向いてしまう。気楽なオヤジである。自分の息子より宝塚のおネーチャンの方が気になるらしい。もうめんどうくさい。やってやる。

その中学生の家はすぐわかった。けっこう近くにあったのだが、家にはだれもいなかった。近所の人に聞くと、父親がずっと入院しているので毎日夕方から母親と病院に行っているらしかった。「ほんま、よう出来た子や。アルバイトのお金家に入れてなあ。ボクはあれか、道場に一緒に通てるんか」

敵はなかなかするどい奴であった。空手道場に行っているらしい。これはまともにいっては負けてしまう。フイウチしかあるまい。われながら、小学生にしてはするどい情報収集と、勝つためなら手段を選ばない鬼のような性格である。このての人間は大きくなるとロクな人間にはならない。それにしても、少しでも親のためにとアルバイトをしている中学生とは、なんと美しいことであろうか。同じ親のためであっても「ため」の意味が全く違う。今なら、「えらい！」とほめてあげるが、小学生の私には「変な奴やな」としか思えなかった。そんなことはどうでもいいのである。そいつをやっつけないと、バンメシが食えないのだ。美しい話とバンメシとどちらかを取れと言われれば即「メシ！」である。それにそいつをやっつけるのは最大の親孝行である。

すぐその病院へ行った。そしていかにもカワイイ小学生になって病室を聞き出した。一時間ぐらい病室の前で待ったであろうか、そいつが出てきてトイレへ向かった。すぐ行くと見つかるのでそいつがトイレへ入るまでジッとしていて、入ったと同時に走り出した。手には道端で拾った大きな鉄のボルトを持っていた。トイレに入ったときそいつはちょうど小の方が出はじめた頃だったので両手がふさがっていた。声もかけず、ただただ、ひたすらなぐり続けた。

「やるときは徹底的にやれ、後でやり返されたなかったらもう半殺しにしてまえ」という厳格な父の、小学生にそんなこと教えてどないすんねんとも言える教えのとおり、徹底的にやりまくった。

そして中学生をやっつけたという自信をムネに、その当時自分が日本一強いと思っていた小学生は、数ヵ月後中学へあがることとなる。

しかし私たちが行くべき中学校にはひとつだけ難点があった。男子は全員坊主頭にしなくてはいけないのである。涼しそうでいいではないか、と言う人も多いであろう。とんでもないことである。考えてみるがいい。ついこのあいだまで髪の毛がフサフサで風がふくとサラサラと流れて、ドッジボールなんかをしていて、サッと後ろへ首を振ってオデコにかぶさった前髪を流し、女の子にキャーキャーと言われていた美少年が、ある日突然坊主頭にされてしまう。そのとき初めて自分の頭にけっこう大きな琵琶湖のようなハゲを見つけてしまうのである。ついこのあいだまで、女の子にキャーキャー言われてた奴がその日からみんなに「ビワコ」の一言で片づけられてしまうのである。あまりにも不憫ではないか。だからみんな入学ギリギリで坊主頭にするのではなく早いめにやってしまい、中学入学時には「俺は生まれつき坊主でい」といかにも慣れた感じにしておくのである。

私たちが通うことになる中学校は今まで通っていた小学校から一キロも離れていない、すぐ近所にあった。だからほとんど小学校のときと同じメンバーになってしまう。あと二校、別の小学校からも来るが、その連中もほとんどがたえず近所で顔を合わせている奴らばかりなので問題はなかった。ただひとつだけ問題があったのは、隣の中学校であった。

私たちが通う岸和田市立春木中学校の隣は忠岡町立忠岡中学校という学校であり、両校はそれほど遠い距離ではなかった。それだけによけいにこの問題は大きくなってしまうのだ。

その問題とは、春木中学校は「丸坊主」なのに忠岡中学校は「長髪」ということなのだ。何度も言うが私たちは丸坊主なのだ。丸坊主は普通の坊主より「丸」がついている分よけいに坊主なのである。後ろに「ツルツル坊主」がまだ控えているが、丸坊主は坊主頭の世界では実力ナンバー2なのである。一枚ガリおよび二枚ガリという、どこから見ても帝国陸軍初年兵のような頭なのである。

両校の間に流れる小さなドブ川ひとつを境に「フサフサ頭」と「丸坊主」に見事分かれてしまうのである。小学校のときに何も気にせず渡っていたあの小橋の向こう

は、フサフサ頭のまま中学生になり、風呂に入ると体と頭を別々に洗えるのに、こち
ら側は、ある日突然体も頭も顔も全部同時に洗わなければならなくなるのである。ま
さに遠すぎた橋である。
当然黙ったまま指をくわえて見ているワケにはいかない。「ビワコ」は怒る。少し
うすく霧がかかったようなハゲのある「マシューコ」も怒るだろう。オデコがかくせ
なくなったため「アーチ式海岸」や「リアス式海岸」と呼ばれる奴や、ジンジロが二
つありそのジンジロのうずにのみ込まれそうな船の形をしたハゲのある「ナルト」と
呼ばれる奴や、坊主頭のおかげで人を憎むことを知った奴らがこちらには大勢いる。
「オノレ町立中学校めが」と言っても「ボーズ」と言われればおしまいなのである。
この一方的な憎しみはやがて大抗争へと発展していくのである。
この坊主頭については毎年アンケート調査なるものが実施された。全校生徒にアン
ケート用紙をくばり、坊主頭に賛成か反対かを丸で囲みなさいという簡単なものだっ
た。だったら全員反対の方に丸をすればいいじゃないかと思うだろう。しかし学校側
はさすが大人である。アンケートを実にうまいタイミングで行なうのである。
そのアンケートは、毎回学年の最後の方で行なわれた。つまり三年生はもうすぐ卒
業といったタイミングで行なわれるため、当然坊主頭反対の方向へは向かうわけがな

い。三年間ずーと坊主頭でとおしてきたのである。今からやっと髪の毛が伸ばせるのである。「俺たちは坊主頭でつらかったけど、後輩たちにはこんな思いはさせたくない」といった人格者はひとりもいない。「中学生は中学生らしくキリッとボウズ！」と言いきってしまう。全員が言いきってしまう。「中学生らしく坊主だなんてナンセンスだよなァ」とふっと髪の毛をかき上げようにも、まだ伸びていない。「アホボケカス、しんぼうさらさんかい」となってしまうのだ。

しかし二年生は考えてしまう。うまくいくと自分たちが三年生になれば髪の毛を伸ばせるかもしれない。学校のホウキをもって当時はやっていたキャロルになりきることもできるかもしれない。コンサートに行っても大人のネーチャンから「私、コロッケ食べたくなっちゃった」と頭を手のひらでスリスリされることもなくなるかもしれない。しかし、そこで自分の髪の毛の伸びるスピードを考える。次に入ってくるフサフサの一年生と伸びかけ頭の三年生。当時はまだムースもジェルもない。あるのは柳屋ポマードやMG5のチックである。当然ツンツンヘアーもはやってないし、カリアゲはおっさんか少年院帰りが専属でがんばっている。「うーん」とない頭をしぼって考え込んでいるとき、きまって野球部、柔道部方面からデタラメ情報がリークされる。

「長髪ニ決定シテモ、実施ハ来春ヨリ」という噂があっという間に広がる。当然出される答えは「坊主頭大賛成」である。

ではせめて一年生だけでも長髪方面へがんばって動けば少しは学校側も考えるのでは、と思ってもそうはイカのキンタマである。目に見えない大きな圧力が上級生からのしかかってきてしまう。

「中学生は坊主があたりまえ」と学校側のイヌになってしまった三年生と「坊主頭でも別にいい」とデタラメ情報に踊らされている二年生がある日突然、卒業アルバムのことを思い出す。

「あっそや、アルバムや」

そうである。自分たちの翌年から卒業アルバムが長髪になるのはくやしい。意地でもそれだけは止めなければならない。兄弟の多いところではOBまでが出てきて「長髪などケシカラーン」と声高に叫び出す。

一年生でも野球部や柔道部など、みんなが長髪になっても自分たちは坊主のままじゃないだろうかという立場の奴らからは「三年間なんか、あっという間やし、別にええやんか、ええ思い出になるよきっと」と小さな声で言い出す奴も出てきてしまい、結局はテニス部の「いやじゃーいやじゃーテニスに坊主頭は似合わんぞー」という声もかき消され、毎年「ボウズ頭ウェルカム」に落ちついてしまう。

今でも私の家の前をコロッケのような頭をした奴らが毎朝通っているところを見ると、まだこのみにくい争いは続いているのだろう。やはり中学生は坊主頭に限る。

そのアンケートが終わり、自分たちがなぜ坊主頭なのか知らない新入生が入ってくると、毎年耳にタコができるぐらい注意されることがあった。それは近くの競馬場および競輪場に出入りしないこと、そして下校時は絶対その近くを通らないことであった。

それだけ行くな行くなと言われれば行ってみたくなるものである。それに私は小学生のときから父にしょっちゅう連れていかれていたので今さら言われてもしかたがない。行ってしまうのだ。

私たちが通っていた春木中学校から歩いて五分ほどのところに岸和田競輪場があった。またそこから十分ほど行くと岸和田競馬場もあった。今は競馬場はなくなり中央公園という、どこにでもある公園になってしまっているが、当時は二つともすぐ近くにあった。

その頃には私の家にも電話が付いており、友人から電話があると「ほいきた」とスッ飛んで行くのである。家にいないときは近所の雀荘に電話がある。私が雀荘にいるといってもマージャンをしているわけではない。またまたいつものように父が勝手に雀荘のお茶入れや掃除のアルバイトを決めたのである。そこに上級生の連中から電話がかかってくると出ていくのである。

「お父ん、えらいこっちゃ、小鉄とこの妹、車にはねられてんやて、ちょっと行ってくる」と言うと「ほー、小鉄とこの妹もごっついのお、今年だけでももう二十回は車にはねられてんのにまだ生きてるんかー。バケモンみたいな女やのォ」とは言うが行くなとは言わない。それどころか他のおっちゃん連中が「すまんけど最終レース2番から流しといてくれるかあ。その妹さん、そこの若松病院に入院するんやろ」と言いながらそっと私に多額のお金を渡しているのを見て、入った場合は一割の手数料をもらっているのである。全くすばらしい父親である。

若松病院というのは競輪場のことで、春木若松町にあるので私たちはその名前を付けていたのである。競馬場の方は市民病院と言っていた。すぐ近くに市民病院があったからだ。

そう言い合っていると、学校の中でもし先生に聞こえてもほとんどバレることはなかった。

その日は小鉄から電話が入り、雀荘のオッサン連中のお金も受け取って待っていると、やがて小鉄はどこで調達したのか、カワサキのマッハワンに乗りやってきた。この男はこのてのバイクから服から、言ったものは何から何まですぐ調達する才能にすぐれていて、まさに神ワザに近いものがあった。

以前、駅前の交番所の前に停まっているハイカブ（おまわりさんの乗っている、あの黒いバイクのことですね）にスッと近づき、あっという間にそのバイクのキャブレターをはずしたことがあった。まず私が交番に入りサイフを落としたと申し出る。そして落とし物用の届け出用紙に記入している間に外のハイカブのキャブだけをはずすのである。はずし終わると「ウオッホン」と大きなセキ払いをし、作業完了である。私もそそくさと用紙に書き込み、きちんと「ありがとうございました」と礼を言って出ていく。走ってはいけない。ゆっくりと出ていかなければ後で恐い。

そのキャブレターをどうするかというと、ほしい人に売ってあげるのである。もちろん作業代も値段に含まれているし、危険手当も入っている。それだけふっかけてもそのキャブレターはすぐ売れるのである。当時はやっていた「ダックス」や「シャリー」等の50ccクラスのバイクにそのキャブレターを付けると少しやばいくらいのスピードが出るようになるのである。

「チュンバ、あのキャブ売れたで、そやから今日は若松でも行こかと思て」と小鉄は言う。チュンバとは私の当時のあだ名であり、名字を訓読みから中国語読みに変えただけのいたって簡単なものだった。こやつの小鉄というのもあだ名であるが、なぜ小鉄なのかは知らない。小鉄は私たちの隣の中学校の奴である。隣といっても忠岡中学校ではない。反対側の隣である。だからこいつも私と同じ丸坊主である。

「なんなおまえ、足もマトモに届かへん単車乗ってんか」と私が言うと小鉄はニカッと笑い「おう、そやけどこれはエエゾ、ウンこれはええ」と気にもせず、カワサキのマッハワンなる単車をさすっている。

「ほなとりあえずは、サイとこにでも行こか」と言うと「よっしゃ」と小鉄はアゴで後ろを指した。私が後ろにとび乗ると、マッハワンはロケットのように発車する。

「おーい、小鉄ー、おまえタバコやめて牛乳飲めー牛乳ー。もうちょっと背ー伸びてもらわんと、か、か、風が俺にまともやんけー」と私が言っても返事がない。風と音とで前の小鉄には聞こえないらしい。こいつは背が見事なぐらい低い男なので、こいつと単車に乗ると風が私にまともにやってくるのだ。当然ヘルメットなんか、かぶるワケがない。もともとヘルメットみたいな坊主頭なのである。

「サイ」の家には五分ほどで着いた。もともと無免許で、どこかで勝手に乗ってきた単車である。信号も反対車線も歩道も人の家の庭も関係ない。それに目から出た涙が常に真横に飛んでいくスピードである。あっという間に着いてしまうのである。

「サイ」の家は若松、つまり競輪場のほとんど真横、下手をすれば競輪場の門番のようにも見えるところにあった。「サイ」というのは私と同じ中学校の一つ年上の奴で、その当時私の中学校を仕切っていた男である。サイは同じ学校の奴らとはめったに一緒におらず、いつも違う学校の連中と遊んでいた。学校にやってきてもおとなしく、めったに目立つことはしなかったが、他の学校の連中が自分の学校の門のところへやってきたりすると、相手が何人だろうとバットを手にもち一人でも出ていく男だった。

普段はおとなしいが、やればできるというタイプだったのだ。やればできると聞けば、「どれぐらいできるんだろうか」と思ってしまうのが人間である。それに当時は「俺が日本一強い!」と私は思っていたので（今もほんの少し思っているが……）やってこましたると、キッと二階の二年生の教室をにらみつけ休み時間にまずは偵察に行ってみた。

たしかに一人のスラッとした上背のありそうな男が座っている。すごい高そうな学生服を着ていた。私もわざわざ神戸まで買いに行ってきた、昼と夜とで色が変わる、つまり屋内と屋外でも色が変わるというカメレオンのような生地で制服を誂えていたが、どうも向こうはウール系なのか、英国王室御用達ぽい感じがする。それにおとなしく座っているといってもタバコをふかし机の上にデンと足をのっけているではないか。おとなしいと聞いたので休み時間は一人で編み物か写経でもしているのかと思っていたのに、少しハナシが違うではないかと私は思った。しかしもう同級生の連中に、「なーにがサイじゃい、俺がゆわしたるワイ。年上もへったくれもあるかい」と言いきってしまっていた。後へは引けない。しかし作戦は必要である。一応あっちこっちにサイの名前は鳴り響いている。

「サイくーん」と後ろから肩をたたいて声をかけた。ちょうどサイが下校しようと二階の階段から一歩おりたところだった。「ん」と振り向いたところを思いっきり顔を殴ってやった。

計算通り見事に階段から「ドスドスドス」と転がり落ちた。あとはもうこちらのペースである。あらかじめ用意していた一年十組と書いたモップで目の玉がウラがえるほどどづきたおし「明日からは俺の天下じゃーカンラカラカラ」と後ろにひっくり返りそうなぐらいムネをはって帰った。

あくる日登校すると、私の机の周りに十人ぐらいのガラの悪そうなのが立っていた。同じクラスの奴らは、教室の手前で「何やらぶっそうな奴らが、早朝からお待ちかねでございますよ」と言ってくれた。さっそく仕返しに来るとはなかなかエライとは思ったが、そのまま教室に入り「束になってかかってこい」などとは口がさけても言わない。そのまま教室を行きすぎ隣のクラスに一時避難した。このクラスには幼なじみの「ダイ」ちゃんがいる。ダイちゃんなら何とかしてくれるであろうと思って入っていったのである。ダイちゃんはまだ来ていなかった。少しすると入り口にダイちゃんの顔が見えたので目で合図した。しかし私は一番かんじんなことを忘れていた。このダイちゃんは声がでかい。もうどこにいてもわかるぐらい声がでかい。こいつに耳元でナイショ話をされたら耳の鼓膜など頭の中までふっ飛んでしまうぐらい声がでかいのである。

「おーう！ チュンバー！ やったんやてー！ 聞いたぞ聞いたぞーワーハハハ」

という大声が廊下中に響きわたった。「ワチャー」と思ってももう遅い。十数人の見るからにガラの悪そうなのがすぐ教室へ入ってきた。

「おい、今日帰りしなちょっと三年の教室まで上がってこい」と言われた。サイの仕返しだと思っていたら、サイの一級上の三年生から呼び出しがかかったのだ。

「サイに頭のあがらん三年が何の用じゃい」とノドのところまで出てくる言葉を必死

で押し戻し「はいはい」と返事をし、またもやいろいろな作戦を練りはじめた。

しかし相手はいつも十人ぐらいで行動している連中である。それに今日はサイがいつ来るかわからない状態の一番大事な日である。私が一度に二つのことを考えられるワケがない。「あーめんどくさい、いてもうたる」またもや悪い虫が出てきてしまう。

結局その日はサイは休んでいた。あれだけペコンペコンにやっつけたのだから休んでいて当然である。そうなればあとは三年だけが相手である。私の頭もフル回転する。

「おうおまえかい、サイをゆわした一年ていうのんは」こいつは絶対年齢をごまかしているだろうと思う男がそう言った。すでに私は三年のこの教室に入る前に、ドアのところに釘をいっぱい打った棒を二本置いていた。いざとなれば入り口のところまで逃げて、その棒でこやつら全員いてもうたる態勢だった。

「まあ、オバアとこでヨウショクでも食いに行こかあ」とどこから見ても歳のとったガマオヤブンみたいな男がまた言った。オバアとは学校の近くのヨウショク屋で、今のお好み焼き屋である。私はやっと三年生が私を呼び出した意味がわかった。こいつらはサイが目の上のタンコブである。そこで私を自分たちの方のグループに入れて、一気に立場の逆転を狙っているのである。大キライである。こんな連中は大キライである。こんなのと一山なんぼと思われることはあってはならないのである。しかしオバアのヨウショクはうまい。食べたい。私は人生の別れ道に出会ったような気がした。

五分後、私はオバアの店に向かって三年の連中とゾロゾロ歩いていた。私は昔から食べ物に弱い。この弱さは今も引きずっている。

あの角を曲がるとオバアの店というところまで来たとき一人の男が前からやってきた。サイだった。サイは私たちゾロゾロ歩きの寸前までゆっくり歩いてくると私にだけ向かい、

「おい、ちょっと来い」と言った。三年の一人が「今日は帰れやサイ」とサイの肩にさわろうとしたとき、ゴツとにぶい音がして、その男はその場にヒザからくずれた。サイはその男の顔を今度は思いきりケリあげた。またもやガツとにぶい音がしてその男は血だらけの顔で口だけパクパクしている。周りの三年も全員パクパクしている。

「おのれら、へっこんでい」サイのその一声で三年全員がパクパクしながらへっこんでしまった。なんと頼りがいのない奴らであろうか。ヨウショクを食べる前からパクパクしてどないすんねんである。

「おい、こっち来い」とサイは横の広場の方をアゴで指し自分から先に広場へ向かった。三年生のパクパク金魚軍団は私の顔を見つつ情けない笑顔を作りながら立ちつくしていた。しかし毎秒少しずつジリジリと後ろへ下がっている。

「早よ来んかい、このボケ」とサイは振り返り言った。「やかましい、すぐ行くわい」と私は言い、サイの後ろに続いた。もうこうなればあとはやるだけである。何も考えることはない。それにサイは私の前を歩いている。まずは先手必勝である。目の前に落ちている大きな石を拾って顔を上げるとサイが目の前に立っていた。

見事な完敗である。日本一強いと思っていたら世界一が現れた。一発もあたらないどころか何もできなかった。あっという間に急所をケられ、ノドをケられ、ケツの穴をケられと、見事なくらい人間の弱点ばかりをやられた。「カユいところに手が届く」のではなくこやつは「痛いところに足が届く」のである。その日の夜はハレ上がった顔でくやしくて泣いてしまった。父は毎度のように「さあ行け、早よ行け、すぐ行け」と走りまわっていた。当然私も行く。何回も何回も行った。サイもうちへ何回も来た。父と風呂へ行って帰ってきたらサイが立っていて、父の前でやり合うことも何回かあった。もう近所の人はこれ以上おもしろいことはないと全員家から出てきて見学していた。まったく人を闘犬かなにかと思っているのだから困ったものである。

「あいつもそやけどしつこいのお」と父が言い出した頃、小鉄たちが間に入り、なんとなく二人とも停戦に合意した。それからは逆に仲が良くなり、小鉄と三人で遊びまわるようになっていた。

そのサイが目の前に立って「今日はもう鉄板や、最終レースは鉄板レースまちがいなし、これほど固いレースはないわい」と言った。こいつの言う固い固い鉄板レースほどアテにならないものはない。十何年もたった今でもたまに「鉄板レース」と言いきることがあるが、大本命のレースでもこいつが「鉄板」と一言言えば必ず荒れる。それに十何年間ずーとだまされ続けている私も私だが、このときはまだ言いはじめたばかりの頃で思いっきり信じ込んでいた。

「ほんまかいや、このあいだも鉄板、鉄板言うてボロボロやったやんけ」と言うと、「ああ、あれはしゃーないわい、急に雨降ってきたらアカンわい、先行が逃げきるワイ」といかにも通い慣れた大人のように言った。

「そやけど今日のはバッチリや。どの新聞もノーマークや」と今度はかなりハナの穴をふくらませて、自信たっぷりに言いきるのだ。

サイの家は玄関を出て左に行けば二分で競輪場、右に行けば同じく二分で駅前がある。まさに「玄関開けたら二分でゴハン」のコマーシャルのように「玄関開けたら二分で競輪場」なのだ。だから前日の夜には駅前の売店に並ぶ前日売りの競輪新聞が買える。それにその駅から五分も歩けば今度は競馬場もあるのでもちろん競馬用も買える。サイはそれを買い込み一晩じっくり研究するので、たまにスコーンと見事に当たることがあった。以前、中学校の先生がテスト期間中の夜中にサイの家の前を自転車で通り、家の中の明かりを見て「あああ、サイもやっとやる気を出してくれたかあ」とあくる日学校で涙を流しながらサイの手を握りしめたことがあった。全く罪な男である。

駅の方から「プアーンプアーン」と電車の警笛が続けて鳴った。サイの家は駅前の音も競輪場の音もよく聞こえる。それに競輪開催中はサイの家の前の道が、駅から競輪場へ向かうたった一つの道となる。当然その狭い道は人であふれ「小さく前になえ」もできないぐらいの人の群れであふれる。その群れの中に入れば、坊主頭の中学生が三人混ざっていてもわからない。

「ホナ、そろそろ行こか」と小鉄が言い三人で玄関に出て人の群れを待った。駅の方向から電車の警笛がしつこいぐらい鳴ったときは競輪場に向かう人たちが多数乗り込んでいるということなのである。一斉に駅に降りた人々は駅の上を渡る歩道橋などは使わず、遮断機の下りた踏切を走りぬける。次から次へと走り出す。一人、また一人と連続で遮断機を越えていくので、止まった電車はなかなか動けない。警笛を一回や二回鳴らして聞く相手ではない。連続で鳴らすことになる。

だから私たち三人は、警笛が聞こえてから少ししてやってくる人々の群れの中に入り込み、競輪場の中にすんなり入場してしまうのだ。

「なーにが鉄板な、このボケカス」と私が言うとサイは下を向いたままブツブツ言っている。サイの予想は見事にはずれ、三人で後で何かを食いに行こうと、別にしていたお金も全て使い果たしてしまっていた。

「どないすんねん、めしも食べられへんやぞこのドアホ」と私はまたもやどなった。食べ物のことになると私はすぐムキになる。

「いやあ、まさかなーあいつがそのまま残るとはなあ」とサイは未だにブツブツ言っている。少し離れたところで売っている焼きソバのソースの香りが漂う。

その焼きソバがすでに二つだけ入れ物の中に入っていて、いつでも渡せる状態になっているのを発見した私は、

「おい小鉄、あの焼きソバ二つ、どないかならんもんかの」と言った。

「どないもこないも、何とかせんとしゃーないやんけ」と小鉄はすでに売店のオバチ

ャンの動きをするどく観察している。

こんなときの小鉄はものすごく頼りになる。道を歩いていて「あーあ、金がないのォ小鉄、どないかならんか」と言えば、しばらくの間道ぞいにある米屋の入り口のガラスに自分の顔を映し、顔をさわったり服のボタンをさわったりしていて、スッと米屋に入り現金を片手にバタバタ走ってくるような奴である。

やがて小鉄は売店の前を何回か行ったり来たりを繰り返し、焼きソバ二つを両手にバタバタとこちらへ向かって走り出した。小鉄の後ろからは店のオッサンが「こるあー」と大声を出しながら追いかけてくる。

こんなときの私は足が速くなる。この状態で走らせてもらえばオリンピックで記録を出せるんじゃないかなと思うぐらい速くなる。

小鉄もサイも同様である。そしてこの三人のスプリンターは走りながら焼きソバが食べられる。もし捕まっても焼きソバは腹の中に入っているので食いっぱぐれは絶対にない。それに証拠隠滅にもなる。しかし今回は焼きソバが二つである。小鉄は両方の手に焼きソバを持っているので食べにくい。私たちが両サイドから手を伸ばすと、「アカンアカン、まだ食たらアカンゾー俺が食われへん」とバタバタ走りながら焼きソバを頭の上に持ち上げるので食べられなかった。

やがて店のオッサンが見えなくなったので私たちは先を争うようにして焼きソバを食べた。あっという間になくなりフウーとため息をついたとき、店のオッサンがハアハアと汗を流しつつ目の前に現れた。

「こっこっこるあーおまえら、焼きソバの銭払わんかい」と息の上がった声で言った。

「焼きソバて何のことない、おっさん」とサイが言った。店のオヤジは真っ赤な顔で、

「このガキどもが、大人なぶってたらエライ目にあうぞコラ、笑ろてるうちに払わんかい」と今度はかなりドスのきいた声で言った。

「やかまっしゃい、こらおっさんオノレこそなんか証拠があって言うてんやろの、その証拠をここに出してみんかい」と今度は小鉄が言ったとき、口の中にまだ焼きソバが残っていたので黙っていた私は不覚にも「へへへっくしょーい」と大きなクシャミをしてしまい、鼻からソバがプラプラとぶら下がってしまった。店のオヤジが、

「これが証拠じゃい」と言って私の襟首をつかもうとしたので、私はオヤジのミゾオチを思いっきりヒザでケッた。これが見事に決まりオヤジは「ググ」と言いつつうずくまった。「そら逃げい」と私たち三人はまたもやバタバタと走り出した。鼻からは

まだ焼きソバがプラプラと頼りなさそうに揺れていた。サイと小鉄は走りながら二人で声をそろえて「このボケ」と言った。

三人は走りつつ競輪場を出て、サイの家の前まで来てハアハアとやっとひとごこちついていた。そのとき、またもや後ろから「おい」と言う声がした。

しかしそこに立っていたのは売店のオヤジではなく、サイの友人たちであった。よくもまあこれだけガラの悪いのばかりが集まるもんだというぐらい、実に毛色の悪い連中である。それも全てが違う中学の連中で、まるで岸和田市立中学校悪ガキトップクラスサミットのようである。

「なんな、今日は負けたんかい」とその中の一人、ガイラが言った。このガイラという奴は双子の兄弟の弟の方であり、兄の方はいたっておとなしく勉強もよくできるが、この弟の方は勉強もせずケンカばかりしている。天才とドアホはまさに紙一重である。しかし何といっても双子である。母親にしてみると両方ともカワイイのであろう、いつも同じ服を買い与えられているので、私たちから見ればどちらが兄でどちらが弟なのか皆目わからない。だから兄の方が道を歩いていると、「おいこら、おのれがガイラとかぬかす奴かい、ちょっと顔かせ」と悪そうなのにからまれることは年中無休で起きることになる。

「いえ、ボッボクは兄の方のサンダです」と言っても相手は兄の方のあだ名までは知らない。

「ワレコラーおちょくってんかい」と追いかけまわされることになる。この兄弟の顔が怪獣映画の「サンダ対ガイラ」にそっくりなのでこのあだ名がついたのだが、全く兄にしてみれば災難である。しかし一番災難は兄サンダの友人たちである。書店の前で立ち読みしているガイラを見つけてサンダと勘違いし、思いっきり両方の人差し指をケツの穴にプスッとつっ込み、「サンダ、七年ごろーし！」とやってしまうと、それはもう大変である。

「オドレラ、ええ根性しとるの、びしゃびしゃにいてもうたろか」ホッペタをひきつらせながら脂汗を流しつつゆっくり振り返った声を聞いて初めて兄サンダの友人たちはそれが弟のガイラであることに気づくのである。そして自分たちが自らの頭にハチミツを塗って熊のオリの中に入ってしまったことにも気づいてしまう。そしてガイラはウソをつかない。本当にびしゃびしゃにいてまわれるのである。

だから私はいつも道を歩いていて遠く前方にガイラらしき人物を発見すると、まず足元の石を拾い、ガイラらしき奴の頭めがけて投げるのである。サンダなら走って逃げるが、ガイラなら走って追いかけてくる。実にわかりやすい兄弟である。なお全く関係のない話だがこの兄弟の母親はマグマ大使のゴアに似ているのでみんなから「ゴア様」と呼ばれている。

そのガイラたちは競輪で勝ったらしくニコニコしている。こんなニコニコ顔は私たち三人とも大好きなので「めし食わせろ」と言いホオずりをしてしまう。サイの顔でガイラのおごりでとハナシはまとまり、駅前の豚々亭に行くこととなった。

聞きたくもないガイラの競輪に勝つための心得などを聞きながら豚々亭に向かっていると、駅前に二人の長髪の中学生らしき奴を小鉄が発見した。一人は髪の毛のサイドだけメッシュに染めている。もう一人はオキシフルで脱色した髪をパーマでバックに流している。

「フフフ、なまいきな」と私が言った。とにかく毛の長い奴は全てなまいきに見えてしまうのだ。

「パーマまであててる」小鉄が言った。私たち坊主はパーマなど地球が半分に割れてもあてることができない。

「サイドにメッシュまで入れてる」サイが声をふるわせて言った。サイは自分の頭のサイドにハゲがあり、それがメッシュのように見えるので「サイのサイドメッシュ」は禁句になっている。「サイのナンキンタママスダレー」と唄って再起不能になった人間はたくさんいる。結局はこのメッシュがいけなかった。人一倍ひがみやすいサイに火をつけてしまった。「おいおまえら、どこの学校や」サイが言った。メッシュ頭の奴はサイが一人だと思ったのだろう、サイの顔を見て、「やかましいわい、ハゲボウズ」と言ってしまった。これはいけない。もうこうなると誰も止められない。ネギボウズなら少しは止められたかもしれないが、サイに対してハゲはいけない。

「なんなーどないしたんない」と駅の売店からもう一人オールバックにパーマをあて、眉毛を剃った奴が現れた。

「なんやこらあ、クソボウズがいちびってたらいてまうド」と眉毛なしは言った。ハゲボウズやらクソボウズやら言いたいことを言ってくれる。その眉毛なしはそう言ってサイの顔を見て少しびっくりしたように、

「なんやサイやんけ、えらい自信やのお、一人で三人相手に何か文句あるんかい」と言った。その眉毛なしは定《さだ》といって隣のにっくき長髪中学校の奴だった。私にとっては小さい頃からのライバルであり同級生だったが、坊主頭がイヤで隣町に引っ越してしまったという、何とも尻の軽い奴だった。この定の周りにはいつも何人かの奴がセットでついている。絶対に一人ではいない奴である。その上こやつはいつも十センチ

くらいの鉄筋の両端をピンピンに尖らせたものを持ち歩き、ことあるごとにそれをビューンと投げつけてくる銭形平次のような奴である。私は小学校の頃から定とは仲が悪く、何回となく抗争を繰り返しており、一対一なら毎回勝ってはいるが、そのたびに大人数で仕返しされている。しかし今回は逆である。こちらの方が大人数だ。それにこちらの大人数は定がいつも連れている大人数とは質が違う。何といっても岸和田サミットができるぐらいの、豪華メンバーである。私たちはサイの顔をにらみながらニヤニヤ笑う定にそっと近づき、

「イヒヒヒ、定ちゃーん何いちびったこと言ってんのー」と言いつつグルリと三人を取り囲んだ。

「なんない、おまえも一緒かい、ようけ集めやがって一人でようせんのかい」と定は自分のことを棚に上げて私に言った。その言葉が言い終わらないうちに定の鼻を思いっきり殴りつけた。鼻血が吹き出てきた。定はうずくまりながら右手をポケットの中に素早くつっ込んだが、今度はサイがまたもや鼻めがけて蹴り上げた。バラバラと手に持った鉄筋がこぼれる。全く律儀な奴である。どこに行くときも鉄筋を離さない。

私は定の髪の毛を引きつかみコンクリートの地面に顔を打ちつける。そして顔を上げたところをサイが思いっきりケッとばし、完全なる「モチツキ」に入った。他の二人

もガイラや小鉄にフクロダタキにあっている。

「おまえらおぼえとれよ、おぼえとれよ」と最初のうちは定も言っていたが、最後には泣き出し「かんにん、かんにんしてくれ」と言い出した。

「何泣いてんないボケが、まだまだこれからじゃい」私は定の服を全部脱がし、すっぱだかにしてやった。他の二人も同様にすっぱだかにして、脱がせた服をちょうど下りてきた遮断機にくくりつけた。

やがて遮断機はパタパタと鯉のぼりのように三人分の服やパンツをはためかせ、まっすぐ上がってしまう。

こうなると次の電車が来るまでこの三人は靴と靴下だけの姿で駅前をウロウロすることになる。まず明日から学校で笑いものになってしまうのは間違いなしである。

「いつでも来い！」と血だらけで動かなくなった三人組に言い残して私たちは予定通り豚々亭に行き、いやがるガイラの金を全て使い果たし、次の土曜日またみんなで競輪に行こうと約束し、時間と場所を決めて店を出た。すでに三人組の姿はなく「ウヒヒ」と笑いながら家に帰ったが、次の土曜日私たちにおそいかかる不幸は誰も予想していなかった。

今思えばその土曜日は朝から悪いことばかり続いていた。まず早朝というかこれはまだ真夜中と言うべきだろう、夜中の三時頃、父はいつものようにグデングデンに酔っぱらって、客を一人連れて帰ってきた。

「おーい、こらあ早よ起きてあいさつせい」と頭をこづく声で起こされた私は、父と一緒に枕元に立っている、めちゃくちゃ太股の太い男の人に気づいた。太股は太いから太股であって、太くなけりゃそりゃあんたただのモモですよと言う人がいるかもしれないが、そんな甘っちょろい太さではなかった。「うわーこの人病気かな」と思うぐらいの太さである。

「おい酒持ってこい酒！　酒やぞ酒！　魚のサケ持ってきたら怒るでーワハハハ」と父は一人しょーもないことを言っている。

「カンしまひょか、ヒヤですか」と母が聞くと「カンやないとあカン、ワーハハハハ」とまたもやくだらないことを父は言う。夜中の三時に起こされて何が悲しくてこんなしょうもない会話を聞かされなければならないのだろうか。私は自分の生い立ちを呪った。

「まあ一杯いこケ。今日はがんばってくれよ」と父はニコニコとその人に酒を勧めている。父がこれほどニコニコするときはロクなことはない。絶対。百パーセント。必ず。自分がいい目をしたいときである。

話を聞くとやはりその人は競輪選手である。その競輪選手を夜中まで引っ張りまわし、今日はがんばってくれ、と言われてもそんなものがんばれるワケがない。

「あのー今日は何レース目に出られるんですか」と私は酒をつぎながら聞いた。そしてその人の名前をキッチリ頭の中にたたき込んだ。私も今日はみんなで行くのである。こんな人は外しておかなければエライ目にあってしまう。

その人とどんな相談をしていたのかは知らないが、父が競輪選手や競馬の騎手を連れてくるのは年中行事であった。家に連れてこないのは競馬の馬と競艇の艇ぐらいのもので、他は何だって連れてくる。そして必ずその日はニコニコと笑っている。たまに思惑がはずれたらしき日は「あのガキャー」と言いつつ帰ってきてすぐどこかに電話をして、電話を切るとすぐ家を飛び出していった。それからは一週間ほど家には帰らず、帰ってくるときはまたもやニコニコ顔に戻っていた。そして帰ってきた父の背広のポケットからはピストルの弾等が出てきたりしていた。かなりあぶない男であったことは間違いないが、私にしてみればかなり迷惑な男でしかなかった。

その夜は競輪選手はすぐ帰ったが、私はもう眠れなかった。私は布団に入ると五分で眠るし一度眠るとなかなか起きない。こいつ死んでるんじゃないかと思われるぐらい思いきり眠る。しかし一度起きてしまうともうダメなのである。なんとデリケートなのであろうか。顔はバリケードみたいでも心はすごくデリケートなのである。

だからその日は朝まで、横でグオーグオーと眠る父の顔を見ながら「お父さん、ボクをいつも温かく見守っていてくれてアリガト」等とは少しも思わず「このクソジジイ、いつかギャフンといわしたる」と繰り返していた。

「あーあ、たまらんなあ」と一人ブツブツ言いながら学校へ行ったが学校でもロクなことはなかった。朝自分の教室に入ると男子生徒がワイワイ言ってひとかたまりになっている。何や何やと見に行くと、シンペイという奴が、どこで手に入れたのか外国のポルノ雑誌をひろげていた。みんな「うっわーごっついのお」と騒いでいる。私はつい一週間前に学級委員長のリョーイチから「毒は毒をもって制す」「おまえやないとみな言うこと聞かへんや」とワケもわからず風紀係に任命されている。黙っているわけにはいかない。

「こるあーシンペイ。そんなもん学校に持ってきやがってドアホが、ボッシュー」と取り上げた。「なにすんなよお、返してくれー」と言うのを足で蹴りながら「アカン、これは俺が一応全部目を通してから返す。それまではアカン」とカバンの中へしまい込んだ。

「エー本日はみなさんの持ち物検査をしますのでカバンを机の上に置き、両手はヒザのうえー」と担任の先生が言い出したのはそれから五分もしないときだった。ああよかった、今日はタバコ持ってなかってよかったと思ったとき、さっきの雑誌のことに気づいた。すでにシンペイは私の方を見ながら肩をふるわせて笑っている。「これはイカン、何とかせねば」とそっとカバンを開けマジックで「シンペイ」と名前を書いた。どうせ怒られるなら道連れである。しかし悲しいことに私は「シンペイ」の文字を間違えて書いてしまい先生によけい怒られてしまった。

それにその後すぐ、今度は席替えがあり私の席はいちばん前のド真ん中になってしまった。つまり先生の真ん前の真っ正面である。それまではいちばん後ろで、私の前にはヒロイという男の奴がいた。だから私はいつもヒロイの学生服の背中にチョークで的を描き、赤い羽根に消しゴムを小さく切った錘《おもり》をつけては、ブスッブスッとヒロイの背中に投げて遊んでいたのにそれができなくなってしまったのだ。まさか先生のオデコに的を描いて「当たありいー」とはできまい。

「あーあ、やっぱり今日は最悪の日やな」私はブツブツ言いながら、その日は女子が着替えているのをすこし戸を開けてのぞいている奴がいれば、突然ガラッと戸を開けて中腰のままの奴らにイヤガラセをしたり、弁当のおかずにカマボコが板に付いたままデンと飯の上に置かれている奴がいれば「まあ人生いろいろあらあな」と慰めたりして学校が終わるのを待った。

本日終了のチャイムと同時ぐらいに、正面のところに小鉄が現れた。グオングオンと私の教室の方を見ながら単車をふかしている。

「おーう、すぐ行くからオバアとこで待っといてくれー」と小鉄に言うと、小鉄はロケットのようにターンしていなくなった。今から二人でオバアのところでソバヨウショクを食べ、一度私の家に戻り服を着替えてみんなと待ち合わせの場所である駅前に行くつもりである。

学校からオバアの店までは五分である。裏の木の塀を乗り越えれば目の前である。塀を乗り越えオバアの店の前を見ると、小鉄の単車が停まっていた。

「小鉄ー、えらい早いのお、学校休んだんかい」と店の中へ入ると小鉄はいなかった。

「あれ、オバア表の単車乗ってきた、背の低い見るからに憎たらしそうな顔の奴来てないケ」とオバアに聞くと、

「ああやっぱりあんたの連れか、アホはアホ同士うまいこと寄ってくるねんなあ、フォフォフォフォ」と笑っている。

「やかましいわいクソババア、それよりあいつどこ行ってん」

「何やようけ赤い髪の毛の子やら茶色の毛の子やら来て表で話してたけど、そのへんでおれへんか」

「こらアカン」と表へ飛び出したとたん、頭にガンと鈍い衝撃があり温かいものがツーと顔に落ちてきた。ああ血が出てるなあと思ったとき、

「いよお、久しぶりやのお」と定の声がした。

手に持った鉄パイプで地面をゴンゴンたたきながら、ひきつったように笑っている。周りにはいろいろな色に毛を染めたセキセイインコのような奴や、鉄腕アトムのようなソリコミを入れたのや数十人が立っている。

「何やえらいようけ連れてきてるのお、一人で道よう歩かんのかい」と言ったとたん今度は後ろから思いっきり蹴っとばされた。前につんのめりそうになったところを定が鉄パイプで私の脚を打ちつけた。見事にすってんころりんとひっくり返ったとき定の声がした。

「いてまえ」

一斉に来た。少しぐらい遠慮すればかわいげもあるが、全く遠慮なしである。ここぞとばかりにケチョンケチョンにやられてしまった。

「こらー定ーおのりゃおぼえとれよ！」と私がフクロダタキにあいながら言うと、「はいはい、そやけどまだまだこれからやど」と笑いつつ言った。全くもってイヤな奴である。

私の声も出なくなった頃、そのセキセイインコと鉄腕アトムの総攻撃もやっと終わった。

「おい、そいつとそのチビ引きずってこい」と定の声がした。おそらく小鉄も私の近くで倒れているのだろう。両方の手を持たれてしばらく引きずられていたが「はなせボケ、自分で歩けるわい」と小鉄の声がした。私もようやく立ち上がると横にボコボコにやられた小鉄が立っていた。小鉄は私の顔を見てニコッと笑いつつ、

「もう一回、場所を変えてフクロにされそうやのお」と言った。私もうなずき、

「おい定、今からどこまで行くんなあ！」と先頭を鉄パイプ片手に歩く定に言った。

「そこのグラウンドじゃ、みんな待ってるさかいにのお、ヒヒヒ」と振り向きもせずに答えた。

「ほお、まだおるんかい、そこでフクロにするつもりかい」と小鉄が言うと、

「やかまっしゃい、おのれらこれから二度と俺らにさからわんように、キッチリとカタにはめたるわい」

と振り向き、鉄パイプで近くの電柱をたたいた。

「おい、その前に俺とサシでやろかい、何やったら俺、目隠ししてやってもええぞ」

私が言うと「もういっぺんぬかしてみい」と私の方へ歩いてきた。

「目隠しやってても まだ恐かったら片手だけでもやったるぞ」と言うと、

「やかましい、だまっとれ」と私の横にいたパーマ頭が顔をなぐった。

「ヒヒヒ、ニーチャンの顔おぼえとくからな、アトで泣いても知らんゾォ」とそいつの顔をにらみつけ言った。

「じゃかましい、いてまうぞコラア」と定が鉄パイプで私の肩をなぐりつけた。しかしもうこうなると痛みは感じない。それにどうしたってフクロダタキは決定的である。もうやけくそである。言いたいことを言ってやる。

しばらく歩くとグラウンドに着いた。そこで私と小鉄はボウ然と立ちすくんでしまった。中途半端な数ではなかった。どこからこれだけ集めてきたんだと言いたい人数である。五十人ぐらいはいたであろうか。そいつら全員がこちらをにらんでいた。

グラウンドの中に引きずられるようにして入れられた。サイもいたガイラもいる。

あのときのサミットのメンバー全員が捕まっていた。それら全員をグラウンドのフェンスに磔《はりつけ》のようにロープでくくり、五十人で石をぶつけている。なんだか私は急に腹が立ってきた。ヘラヘラ笑いながらサイに石をぶつけている奴、ガイラの顔を蹴っている奴、こいつら全員いてもうたると心に決めた。何年かかろうが今日の仕返しは絶対やってやると思った。

「おい定、今日はワレらの好きにさしたるわい、そのかわりおまえだけは絶対にキッチリいてもうたるからな、ハラくくっとけよ」と私が言った頃、大人数による総攻撃が始まった。私は今の今まで五十人ぐらいにフクロダタキにされたのはこのときだけである。息もできなかった。

「死ぬかもしれんなあ」と本気で思った。もう私も小鉄もカスレ声しか出なくなり体が自分の体じゃない感じがした。

やがて私はガイラの横にくりつけられた。ガイラは私の方を見つめ、カスレた声で一言だけ言った。

「俺、関係ないぞ」

サンダの声であった。かわいそうにまたもや間違えられている。私は笑い出してしまった。小鉄も笑い出した。サイも、はりつけられている奴全員が笑い出した。サンダも涙を流しつつ笑い出した。

「何笑てんじゃいコラー」と石が飛んできた。ガキンと前歯がへし折れた。それでもなぜか笑いが止まらなかった。笑いながら仕返しのことを考えていた。

五日ほど家で寝ていた。起きたくても起きられなかったのだ。

「あーかいだるい（情けないという意味です）あーかいだるい。かいだるい奴っちゃのー」と言う父の言葉を毎日何百回と聞きながら布団の中でうなっていた。折れた歯は、グラウンドの帰り道、同級生の母親がやっている歯科医院に寄って、結局三本抜かれた。一本が途中で折れていて、あとの二本は根元から内側に倒れたようになっていたのだ。

「えらいまあ見事にやられたなあ」と歯医者の女先生はカンラカラカラと笑いとばした。

「歯えのん入れるんやったら早くおいでや。そやないとほっといたら入れられへんようになるで」と女先生は言ったが、

「またいつ折れるかわかれへんからこのままでええわ」と私は言った。

「アホ」と女先生はまだ血が完全に止まっていない頭をたたき、血が少し流れてくると、

「アハハハ、血の気が多いからすぐ血が出てくるなあ、ちょっとバキュームで血ィぬ

いといたろか」と歯の治療のときに使うシュパーと音のする管を持ち出したので「先生、また来るわ」とその歯医者を後にした。

それから何年もたつが私はまだ行っていない。三本分抜けたままである。今では歯と歯の間が狭くなり一本分ぐらいのスキマしかなくなっている。このままほっておけばその一本分のスキマもなくなってしまうのではないかと思っている。そうなるともうけもんである。しかし今のままだと下の歯のスキマにタバコが挟めるから具合がいいのだ。

つまりタバコをくわえたままアクビができるのだ。どうだすごいだろう。

とにかく私はその後ずっと寝込んでいた。サイも小鉄もみんな寝込んでいる。かわいそうなサンダも寝込んでいる。元気なのはそう、ガイラ一人なのである。

ガイラはさっそく週明けに報復行動に出た。もともとハデなことが好きな男である。なんと白昼堂々と大人数を引き連れ、授業中に暴れ込んだのである。各教室を回りあの日グラウンドにいた奴を片っ端からレンガでどづきたおしまくったのである。もうめちゃくちゃにしてしまったのである。すぐ警察が駆けつけたがもうガイラは逃げたアト。しかしこの男の良いところは黙って逃げればいいのに「俺はガイラじゃい。いつでも来い」と大声で言ってから逃げるところである。バカは死ななきゃ治らないと言うがこの男は死んでも治らないと思う。今でもそのクセは治っておらず、酒に酔うと道に停めてある車をみんなで動かし、道に対して直角にしてしまう。狭い道で車を移動させられると、あくる朝車の持ち主は前も後ろも数センチしか空いていないスペースで何百回と切り返しをしなければならない。そのときもキッチリと自分の名前を車のガラスに書いてしまうのである。バカは治るどころかまだまだ加速しているのである。

そのガイラがその報復の後私の家に来た。

「よっ！　寝てるんか寝てるんか！　うんうん寝といた方がええ。弱い者は黙って寝とけ。何も心配せんでも俺が今日きっちりカタキはとってきてやったからな。寝ときなさい。俺のアニキも家で寝てる」と言ってワハハハと笑っている。そして大人数で授業中に襲ったことなどをかなりの尾ひれをつけながらしゃべり続けた。

「そやけどおまえ、何であの日グラウンドにおった奴等の顔知ってんねん」と私が言うとガイラは急に黙り込み、頭をポリポリ掻《か》いている。

「いやあ、おまえらがあんまり遅いもんやからな、一人競輪場入ってたらグラウンドでえらいケンカしてるでて聞いてなー」とごもごも小声で言い出した。

なんとこの男は私たちがやられているのを、グラウンドの観客席で見ていたのである。

「そんなもん、やられるのんわかってて入っていけるかい」と下を向いている。

「おまえのアニキがボコボコにやられてるんやぞ、そやのにおまえは」と私が言うと、急に顔を上げ目をランランとさせ、

「そうや、そこやんけ。そこが一番大事なとこや」と大声を出し、

「ええか、二日前にボコボコにしたはずの俺がやで、今日さっそく仕返しに来たと相手は思てるワケや。おまえらがまだ家で寝込んでるのにガイラはすぐ仕返しに来よった、それもピンピンしている。恐ろしい奴やとみんな思うわなあ」と言いふふふと笑っている。

ガイラ恐るべしである。バカではなかった。バカではなくズルイであった。こいつ一人が目立ってしまっているではないか。双子を最大の武器にしている。全く兄の方は災難である。結局ガイラが私の家にいる間に警察はガイラの家に行ったが、母親のゴア様が出てきて、

「人の家に来といて、ガイラて何ですのん、うちの子はちゃんと名前があるねんで！」と警察の人を怒鳴りつけた。

「いやニックネームですわお母さん。いやこのあいだケンカでやられて、その仕返し

をしたらしいんですわ」と警察が言うと、

「仕返しも何もまだフウフウ言うて寝てますわ。上がってみなはれ」とまたもやゴア様に怒鳴られ、しぶしぶ家の中に入って、顔中がはれあがり熱まで出して「イタイ、イタイ」と泣いているサンダを見て「こらこいつは仕返しできんで」と帰ってしまった。全くもう恐るべしガイラの計画的犯行である。

数日後、私も完全に復活し「よおし、やったるでー」と必死になって定たちを追いかけまわしたりしたが、ガイラの一件以後、学校も警察もピリピリしていて思いきった行動はとれなくなっていた。相手もめったに少人数では行動せず常に十数人でうろうろしていた。私が定に仕返しをし、合計八回家庭裁判所で審判を受けるうちの最初の記念すべき一回目の事件になるのは、もう少し後のことである。

Ⅱ

もうすぐ二年だという頃、私はサッカー部に入った。今でこそJリーグだーとみんな騒いでいるが、その頃はもちろんそんなのはない。当時サッカー部といえば不良だった。少し前まではエレキギターといえば不良と言われたように、私たちの学校ではサッカー部イコール不良どもの寄せ集めであった。

私は別に入りたくもなかったのである。「女にもてる」と言われ少し耳をピクピクと動かし心を動かしもしたが、結局、サッカー部に入ったのはキック力が強くなるからだった。そう、相手をケッとばす脚の力を伸ばすためである。それにヘディングで頭と首が強くなる。ただそれだけである。中学に入学してすぐ私は柔道部に入り、受け身をおぼえ、人を投げるタイミングや寝技をおぼえ、首の締め方をマスターしてやめていた。だから後はサッカーで頭と脚を鍛え、その後はボクシングで仕上げて、人間サイボーグめざしてがんばろうかと、全くくだらない計画を立てていたのである。

「練習はそれほどしんどないし、テニス部や陸上部の女の子の視線がもう痛いぐらいや」

と聞かされ「そうかーいやあー女の子なんかどうでもええけどなあ、いやその」と意味不明の言葉ばかりを繰り返し、心の中では一度でいいから女の子の視線が痛いと感じてみたかったのである。

「どこに女の視線があるねん！」

初めて練習に参加したとき私は叫んだ。女の子の視線が全くなかったのである。女の子の視線どころか女の子もいない。テニス部も陸上部もバスケット部もバレー部も何もいないのである。

そりゃそうである。ここは学校の校庭ではない。校庭は野球部が使っている。バカの吹き溜まりのサッカー部は使わせてもらえないのである。だから毎日毎日学校から少し離れた春木グラウンドまで出かけていく。私たちがフクロダタキにあったグラウンドである。そんなところに女の子の痛いぐらいの痛いぐらいの（えーい何度でも言ってやる）視線があるハズはない。あるのはグラウンドの横の団地のガキどもの視線と入り口近くにあるボウリング場の立ち食いうどん屋のパートのオバチャンの視線だけである。「やめてやろうか」と思った。しかしここでやめるとまるで私が女の子の視線だけをめあてにやってきたと思われるではないか。それだけは避けたい。そう思い少しの間だけでもやってみるかと思い直し練習に参加していった。

「ああやっぱりあのときやめればよかったのに」と思える練習が続いていた。もう毎日毎日ただ走るのである。走って走って走りまくるのである。胃の中の物が全て出てしまうまで走るのである。その後は練習の定番である腹筋である。何千回とやった後、代わる代わる誰かが腹の上を走る。体重の軽い奴がピョンピョンと走ってくれればいいが、重い奴が腹の上を走るともう悲惨なものである。
「おいタコイ、今日はおまえ行け」とサッカー部の顧問である先生サンダーが言った。サンダーとはあの「サンダー杉山」のサンダーである。杉山という先生で、みんなからサンダーと呼ばれているのだが、顔の方は本物のサンダー杉山の方がカワイイぐらい。この冷血サンダーが、私たちが腹筋をしている最中に腹の上をタコイに走らせるというのである。
このタコイという男はサッカー部一の太男である。大男ではない太男だ。そのうえ動きが鈍い。そのうえすぐ人の言ったことを聞き返すクセがある。それら全て私はきれいに忘れていた
タコイが端から順に腹の上を走り出した。しかし動きが鈍いのでタタタタと快調に走ってくれない。「よいしょ、よいしょ」とゆっくり腹の上を歩いてくる。みんな「うわー」と声をあげている。そしてついに私のところまで来たとき、私は黙っていればいいものを「タコイこら、早よせえ早よ、チンタラチンタラ歩いてんと早よ行かんかい」と言ってしまったのである。タコイは私の腹の上に乗ったところで立ち止まってしまった。

「えー何か言うたー」といつものように聞き返してくる。「ウググググ、だんでぼだい、だんでぼだい、はよいげー（何でもない、何でもない、はよ行けと言っております）」と真っ赤な顔で言うと、「あっそー」と言い次の奴のところへ行く。行くのはいいがこの男、いちいち「いちにのさん」と勢いをつけていく。「いちにのさん」と腹の上でリズムをつけられる方の身にもなってみろと言いたい。

「ええかげんにさらさんかい、ボケ！」と私が腹をねじったためタコイはよろけてしまい、隣の奴の顔の上に乗ってしまったりするのである。だからサンダーは毎回タコイに腹走りを命じる。しかし一番かわいそうなのはタコイ自身である。私が腹の上を走るときは絶対タコイの腹の上で一度止まり、つま先でジャンプしてやるのだ。顔に乗られた奴などは毎回バランスを崩したフリをしてタコイの顔の上に乗ったりしていた。

私たちのサッカー部は雨でも練習をした。「サッカーは雨でも関係ない」とサンダーは大きく鼻の穴をふくらませ、学校の外を走らせるのである。雨の中を何十キロも走らされるのはたまったものではない。しかし雨だとサンダーはついてこない。自分は学校で待っているのだ。

そんな場合、私は絶対にサボる。どんなことがあってもサボってみせる。まず学校を出るときはみんなと一緒に出る。「うっしゃー行ってこい」とサンダーに言われ「行くドー」と一緒に校門を出るが、出てすぐ私はいちばん後ろにさがり、一つ目の曲がり角でスッと反対方向へ行く。後はもう「オバアの店」へ一直線である。オバアの店に行けばいつもサイがいる。後はみんながハアハア言いながら店の前を通るまでサイと二人で時間をつぶすだけである。

「こらあ、みんながんばってんのに、おまえは！」とオバアはぶつぶつ言いながらもソバヨウショクを焼いてくれる。そしてたまに、「あっ！　サンダーや！」と言っては私がびっくりして立ち上がるのを、フォッフォッフォッと笑いながら楽しんでいた。

やっとみんなが店の前を通りだした頃、私は表に出てサイに頭からバケツの水をかけてもらい、フウフウと学校に帰る。

そのことを知った連中が私と一緒にサボるようになった頃、やはりサンダーもバカではない、バレてしまうのである。

「全員せいれーつ」いつもは顔も出さず、全員そろえば即解散のはずが、その日は珍しくサンダーが出てきた。

「最近練習中にヨウショクを食べてランニングをしてない奴がおると聞いたけど、そんな奴おらへんなー」と言い出した。みんな黙っている。

「先生も信じてるけどなー」と言いつつみんなの周りを鼻をクンクンさせながら歩き出した。しばらくそうして麻薬犬のように歩いていたが、突然私の前に立ち止まり、「なんやこの辺からええソースの匂いがするのお」と言った。私は首をブルブルと横に振った。

「おまえはそんなことする奴ちがうよ。おまえはそんな奴ちゃう」と私の顔を見つめ、ニコッとめったに見せたことのない笑顔を見せた。私もつられて一緒にニカッと笑ってしまった。

「おお、ええ笑顔やのおー、歯にアオノリついてますで」とサンダーが言い、私はあわてて口を閉じた。

「ドアホ！」と言ってサンダーは私の頭をぶんなぐった。他の奴もサンダーのカマに見事にひっかかり口に手を当てていたので、全員見事に大きなタンコブができてしまった。

それからは雨の日のランニングにはカッパ姿のサンダーが、自転車でエッチラオッチラ私たちの後からついてくるようになった。

そんな冷血サンダーのシゴキに毎日耐えながら私たちが中学二年になったばかりの頃、一人の教育実習生がサッカー部のコーチとして入ってきた。その若い先生は、新一年生のシゴキをサンダーと三年生にまかせ、私たち二年生に付ききりで練習を始めた。

どこから見ても良いところのおぼっちゃんに見えるその先生は、顔がどこかウルトラマンに似ていた。しかし一言しゃべり出すともう何ともガラの悪いニーチャンになってしまう。

「おまえら、そんなことやっててどないすんねん、ちょっときれいすぎるなあ」と言って私に近寄ってきて、

「あのなあ、コーナーキックのときになあ、おまえ点入れることばっかし考えてるやろ」という。そりゃそうである。それ以外何を考えることがあるであろうか。

「点入れる前にやることがあるやろがい、おう」と言う。全く顔と言葉が合わない先生である。

「手にグラウンドの土つかんどいてやな、コーナーキックやる直前にキーパーの目の中にその土入れんかい」私はもうポカーンと口を開けてしまった。そしてその口は開いたままふさがらなかった。以前から一度やりたいと思っていたことをこの先生は早

くしろと言う。

「おまえケンカばっかりしといてから、サッカーのときだけええ子になろ思てもそうはイカのキンタマやで、やらんかい、どっとやらんかい、文句言うたらどづいたれ！」とサンダーが聞いたら腰を抜かしそうなことを言う。サンダーは顔は恐いが、サッカーというスポーツでバカな私たちを少しでもマジメにさせようという考えだが、このウルトラマンは「せっかくええもんもってんのに。もっとやれ」と言う。

「やられて笑ろてられるかい、ボケ！　やられたらやりかえさんかい、やってけえへんやったらこっちからいてまえ」とイケイケである。

どちらかといえばウルトラマンの言ってる方が私には合っていた。「先生、ほんまにやってええんやな」とウルトラマンに言うと、「あのなあ、見つからんようにやったら何やってもええんや。俺がそれを教えたる」と言って、その日から私たちはのびのびと練習ができるようになった。

まずはゴールキーパーの目の中に土を入れる練習である。練習といっても全員がそろってそんなことをやるわけではない。私を含む六人ほどがコソコソと練習をした。しかし本物のゴールキーパーがいないと、うまく目に入れられるかどうかわからない。「先生、ちょっとうちのキーパー使うてもええか、そやないと目の中に土が入っ

たかどうかようわからんわ」と私がウルトラマンに言うと、

「おう、そらそうや、よっしゃわかったキーパー使え」とウルトラマンは言い、我がチームのゴールキーパーであるデメサンを呼んだ。デメサンとは顔のわりに目玉が大きくギョロリと前につき出している男である。だから自然と一年のときから「デメサン」と呼ばれている。サンダーが目玉が大きいからよくボールが見えるだろうと、まるで小学生が考えそうな理由でゴールキーパーにした。

「ありゃー、こらまた入れやすそうな目玉してるやんけー」とウルトラマンはデメサンを見つめていた。デメサンは何のことかわからない様子でキョトンとしている。

「おいデメ、今からコーナーキックの練習するからな、おまえはこいつらに一点も入れさせせんようにせえ、ええかどんな手を使うてこられても入れさすなよ」とウルトラマンは言い、私たちに向かってウインクした。

そして私たちは順番にその練習を開始した。「おまえら、何ニタニタ笑ろてんな」とデメサンは最初不思議そうな顔をしていたが、やがて練習の意味がわかってきたらしく、何回かやっているうちにうまく土の目つぶしを避けられるようになっていった。

ウルトラマンが私たちを見るようになってからは、雨の日のランニングがなくなった。一年と三年はサンダーと一緒にランニングを続けていたが、私たちだけはウルトラマンと一緒にグラウンドに行くようになった。

「別にわざわざ雨の日に走らいでも他にやることはいっぱいあるわい」とウルトラマンが言ったときは私たち全員「キャホー」とインディアンのように喜んだが、やがてこんなことなら走ってる方がマシと思いはじめる練習が開始された。

何の練習かといえば、それはヘディングの練習であった。晴れた日にサンダーが蹴った、しょんべんカーブのようなボールをヘディングするのは何ともないが、雨の日に「私の辞書に手加減の文字はない！」と一人言いきっているウルトラマンのギュイーンと飛んでくるボールを頭で打ち返すのは、かなりの覚悟が必要だった。それに私たちが使っているボールは革製である。革製の中でも一番安い革製である。安い革ボールはすぐ表面のツルツルがなくなり、スエードのようになる。そういうボールはものすごく水を吸う。「もっと水を吸いなさい、はいはいもっと吸って」と雨もがんばって降っている。それだけ水を吸ったボールは重い。重い重いボールが雨の中ウルトラマンのバカヂカラのキック力で飛んでくるのである。

クラクラとして目の前を星が飛んでいる状態になると思うだろうが、それほど世の中甘くない。その重いボールの表面はザラザラの革である。そんな革は我がグラウンドの小さな石を見事にひっつけてしまう。国立競技場のような芝生はどこにもないのである。その小石つきの重いボールを「ウリャ」とヘディングするのである。当然流血になってしまう。次から次へと流血者続出である。「そんなもん気合いで止めい」とウルトラマンは言うが、気合いで血が止まるんなら医者はラクである。止まるわけがない。

こんな練習が続けば梅雨の時期に私たちは死んでしまうなと思いはじめた頃、誰とはなしに「ウルトラマン抹殺計画」が持ち出された。

もうすでに私たちはウルトラマンの言うイケイケサッカーを完全にマスターしており、ボールを蹴りそこねたようにして相手チームの主力選手の顔面を蹴ったり、スパイクで倒れた奴の手の甲を踏んだりとキタナイ手口をうまく入れたサッカーで、三年生と試合しても負けないようになっていたし、他校との試合でも私たち二年生の方が強くなっていた。

つまりもう私たちにはウルトラマンは必要ないのである。今ではサンダーの練習の方が、サボれる分いいのである。

「おい、上手に描けよ、絶対にバレんように仕上げれよ」と私が言うと、リョーイチは「まかしとけ」と汗をかきかき必死でボウリングのボールに古くなったサッカーボールの色をつけていた。

リョーイチは私と同じクラスで学級委員をしている奴で、美術部に入っている。こいつは別にウルトラマンに何の恨みもないが、こんなハナシには必ず参加したがるクセがある。以前私はリョーイチに頼まれムリヤリ風紀委員に任命されていたので、それの借りを返すため、ニセボールの作製に取り組んでくれたのである。

「しっかしこのボールは蹴れんゾ、蹴ったらイタイぞー」とリョーイチは嬉しそうに笑っている。「おう、梅雨が終わるまで、寝込んでもらわんとのお」と私が言うと、「寝込む、寝込む、こら寝込むでえ。そやけどあいつやったらこのボールでも平気で蹴りそうな感じもするけどのお」とリョーイチはできあがったボウリングの球製のサッカーボールをペシペシとたたいた。「あほぬかせ、このボールを平気で蹴ったら俺もあきらめるわい」と言って見事な出来のボールをもらい、雨が降る日を待った。

そしてついに雨が降った。いつもは雨が降るとみんなでズルズルとグラウンドめざしてボールを持っていくのだが、今日は全員笑顔である。そしてウルトラマンよりかなり早い時間にグラウンドに行き、横一列にボールを並べた。ウルトラマンは順番にボールを蹴っていく。そして真ん中のボールを蹴ったとき……

みんなで「ククク」と笑いつつウルトラマンを待った。そしてついに現れた。

「今日はコーチはお休みですので、先生が代わりに二年生を見ます」大声で現れたのはサンダーであった。

「おいどないする」とデメサンが私の耳元で言った。この計画の発案者の一人である。

「何のことだねデメサン、ボクは何も知らないよ」私はすでに逃げの態勢に入った。

「言い出しっぺはデメサンやからのお」他の奴もすでに逃げのかまえである。

「こるあーぐたぐた言うてんと用意せんかあーそりゃー」とサンダーは元気よくフラフラボールを蹴り出した。

「先生ー！　アカンアカン！　やめてー！」とデメサンが走り出すのと、サンダーが真っ赤な顔でうずくまるのと同時であった。

梅雨の間、サンダーは練習を休んでしまい、ピンピンのウルトラマンは、「そうかあ、おまえらサッカーボールはまだ軽いんかあ、ボウリングのボールぐらい重たいのが好きなんかあ。よっしゃわかった」とさらに五メートル近づいた距離からボールを蹴り出し、特に私たちのときは、「ほないくでー」と一段ときつくギュギュギューンとボールを蹴ってきた。その練習の間中デメサンは腰からロープでボウリングのボールを五つ引きずりウサギ跳びでグラウンドをピョンピョンズルズルと回っていた。

梅雨が明けるとサンダーも再起し、やがてウルトラマンは教育実習が終わって学校を去っていった。最後の練習の日、ウルトラマンは私たち全員をグラウンド横のボウリング場にある立ち食いうどん屋に連れていってくれ、

「あーとんがらし入れすぎてもうたわい」と言いつつ汗と一緒にいつまでも涙を拭いていた。そして帰るとき、一人一人の頭をぐりぐりなぜながら、

「ええ男になった、ええ男になった」と繰り返していた。

「ありがとうございました」と全員で大声で頭を下げ、別れた。いつまでもいつまでも私たちの方を見ながら手を振っているウルトラマンを見ていると涙が出てきた。

「がんばれよーがんばれよー」といつまでも繰り返している声を背中で聞きながら私たちは泣きながら帰った。


間もなくして私は三年生になった。サイは卒業したがつきあいは続いていた。サイもガイラも高校へは行かず、毎日ブラブラと遊んでいた。三年生になってすぐの頃、私はサッカー部をやめていた。別に理由はなかったと思う。その頃はもう練習も前ほど厳しくはなく、ただ下級生に教える練習が多くなってきていた。そんな練習よりも、私の周りにはまだまだもっと面白いことがたくさんあったのである。

ある日、学校の帰りシンの家に寄り、マサとシンと私の三人でただボーとタバコを吸いながらテレビを観ていると、小鉄がやってきた。

「おーひっさしぶりやのー、どないしてたんない」とシンが言った。このシンとマサというのは私の幼なじみである。ハナタレ坊主の頃からのごんた仲間である。

「まああがれや」とマサが言った。その頃シンの家はもうすでに誰の家だかわからない状態になっていた。オバアの店の裏ということもあって、私たち昔からのつきあいのある奴をはじめとして、毎日いろいろな奴がただボーといたりする。

「おうおう、あのよお、おまえらの学校によお、トモていうのとツネていう奴おるか」と言って小鉄は家に入り、いつものように世の中の苦労を自分一人で背負っているような顔でタバコに火をつけた。

「トモ？ ツネ？ 知らんなあー、何なそいつら」と私が聞くと、どうやらその二人があっちこっちの学校へ行き、下校途中の奴を捕まえては「カツアゲ」をやっているらしい。カツアゲをやろうがやるまいがこっちの知ったことではないが、話をよく聞くと女の子からもやっているらしい。それはいけない。そんなラクをしてはいけない。

「そやろ、ほんでやな必死で捜してたんやけどな、どうもおまえらのところのもんらしいんや」と小鉄が言った。

「そんな奴おったかなあ」と三人でない頭をしぼって考えていると、入り口からカズがヨウショクを食べつつ入ってきた。

このカズというのはサッカー部の中心的な男で「俺はベッケンバウアーになる」というのが口癖の大男である。頭が異常にイガンでおり、先生が教科書で頭を殴ったとき、頭がいがんでいるためまっすぐ当たらず、流れた先生の手が隣の女の子の顔に当たり、女の子は泣くは、カズは笑うは、先生はオロオロするはでえらい騒ぎになったことがある。

「おいカズ、おまえトモかツネていう奴知らんかあ」と私が言うと、カズは手についたソースを学生服で拭きながら、口をモグモグさせて、

「知ってるよ、俺のクラスの奴や。二人とも」と答えて、歯についたアオノリをとった。

「どんな奴らな」とマサが聞くと、

「どんな奴もこんな奴も、二人とも空手やってる奴らやんけ、ほらこのあいだ柔道部のヒトシが一発でやられたハナシ知ってるやろ」とカズは将棋の駒をパチンパチンと並べだした。

「知らん」と私たちは声をそろえて言った。柔道部のヒトシといえば、象みたいな大男である。以前マサがヒトシとケンカをしたときは、教室中にベタンベタンと見事にぶつけられまくった。それでもマサはあきらめず、次の日、また次の日と行って一週間目にやっと勝てた相手である。そのヒトシを一発でやったというのだ。

「あれ、知らんかった、あっそう、あいつら二人とも強いよー」とカズはまだ将棋の駒を並べている。こいつは最近、毎日シンの家へやってきては将棋の駒を並べて対戦相手を待っているのだ。一回につき百円を賭けてやるのであるが、めちゃくちゃ強いので私たち三人は相手をしない。シンはカズから場所代として、勝った金額の三割を取っていた。

「そんなこと知らんがなあ、もっと早よ言わんかいボケ!」と私が言うと、

「聞けへんもん言えるかい」とカズは平気な顔をし、並べ終わった駒と小鉄の顔を代わる代わる見ている。何も知らない小鉄はポケットから百円玉を出し、ゴソゴソとカズに近寄り二人して始めてしまった。帰る頃には小鉄はスッカラピンになってしまうだろう。

「あーほんでなあ、何かおまえらのこと、いつでもやったるいうて二年の奴らに言いまわってるらしいぞ」とカズは少し真顔になって私たちの方を見つめ言った。

「明日、いてまうか」と私が言うと、マサは、

「そやの。世の中、上には上がおるいうこと教えたらんとのお」と言った。

「反対に教えられたりしてー」と言うカズのいがんだ頭を思いきり殴り、私は家に帰った。

あくる日学校に着くなり、私はすぐカズのクラスへ行った。そして机の上で忘れてきた宿題を必死に写しているカズに、

「どいつな」と聞いた。カズは黙ったまま手を休めず左手で一番後ろの席を指さした。その席には机の上につっぷした格好で、半分寝たような奴がいた。

私はその席の横に立ち、

「おい」と声をかけた。その男はめんどくさそうに「んー」と顔を上げた。その瞬間私はカバンでそいつの顔を思いきり殴った。

カバンといっても教科書も何も入ってはいない、薄っぺらいものだが、今日は特別にぶあつい鉄の板を入れている。そのズシリと重たいカバンで思いっきり殴ったものだから、「グシャ」と音がして相手は椅子ごと後ろへひっくり返った。すでに鼻からも口からも血が出ていた。

「うーん」といって起きあがろうとしたところを、今度はそいつの座っていた椅子で

頭を殴った。後はもう、うずくまっているのをサッカーボールを蹴るようにそいつの鼻を何回も何回も蹴るだけである。

そして血だらけになったそいつの顔を踏みつけ、「おーいカズ、こいつはトモかツネか、どっちなー」と聞いた。カズはニコニコ笑いながら「それは学級委員のオオキ君！」と言った。

「なにー！」と私はびっくりし、そいつの顔を見て「おまえ何ちゅう名前や」と聞くと、

「オ、オ、キ」と言った。あちゃーである。そそっかしいといおうか、アホまるだしといおうか、私は完全に相手を間違えてしまっていた。

「すまんすまん、いけるか、立てるか」と聞いたが立てるわけがない。最初から立てないように殴っているのである。すぐオオキ君はクラスメートの女の子たちに保健室に運ばれていった。まあ通り魔にでも逢ったと思ってあきらめてもらうしかない。人生あきらめが肝心である。それにしてもカズである。

「こらカズ、おまえ間違ごうてるんやったら間違ごうてるて、何で言わんのじゃい」

と私が言うと、

「そんなもん言う間もなかったやんけ、それにしても相変わらず、キタナイケンカさ

したら天下一品やのお」と笑っている。

「やかまっしゃい、ほんで問題のお二人さんはどこにおるんな」と聞くと、

「それやったらマサとシンが連れていったみたいやど」と言った。

「それを早よ言わんかい、何で言わへんならい」と言うと、

「聞けへんからやんけ。それにおまえが俺に聞いたのんは席や」と全くかわいげがないのである。

「もうええわいボケ！　ほんでどこ行ってん」と言うと、

「プレハブの裏ちゃうけ。そんなことはおまえの方がよう知ってるやろ」と言う。

その頃、ケンカをする場所というのは、裏門のところに建っている古いプレハブ小屋の裏と決まっていた。

私は急いで走った。せっかく今日は私一人が目立とうと、シンのところには寄らずに一人で先に来たつもりが、すでに先を越されていたわけである。抜け駆けとは卑怯である。

私がプレハブの裏に着いたとき、一人の大男が四つん這いになっている二人の男を脚で蹴り上げているのが見えた。シンとマサがやられている。私は黙ったまま走り、その大男の頭をまたもや鉄板入りのカバンで殴った。今度は鉄板の角があたるように

して殴った。

その大男は「ううう」とうめき、両手で頭をかばうようにして膝をついた。そこを今度は思いきり背中を蹴った。大男は前に倒れ、ゆっくりと顔をこちらに向けた。そのこちらに向いた顔を蹴ろうとしたとき、「まてー！」と声がした。その声と私が蹴るのとがほとんど同時であった。

「ガキッ」と音がして大男が「ウーウー」と痛そうに転げまわった。柔道部のヒトシであった。

「ありゃー」と私が言うと、「まてー」と声がした方からシンとマサが現れた。

「ありゃりゃ」とまたもや私が言うと、マサがヒトシを抱き起こすようにし、私に向かって、

「何してんな、このドアホ！」と言った。

「何してるて、これヒトシやんけ」と私が言うと今度はシンが、

「ヒトシゆわしてどないすんねん、ヒトシゆわして」とあきれた顔をして言った。

どうやら私はまたもや相手を間違えたらしい。やられていた二人がトモとツネのようだ。しかしなぜヒトシがこんなところにいるのかがわからない。

「何でヒトシがおるねん」と言うと、やっと起きあがったヒトシが言った。

「こいつら陰で俺のことといろいろ言うてるみたいやったからな」

「おう一発でやられたらしいやんけ」と私が言うと、ヒトシは怒ったように、

「何が悲して俺がこんなもんに一発でやられるわけあるねん」と言った。

「何や、ほなあれウソか」と言うと、

「そや、ウソや」とシンとマサが口をそろえて言った。

「なーんやそうかあ、ハハハ、ほんでもう済んだんやろ」と私が言うと、

「ハハハとちゃうでえ、ほんまに」とヒトシも笑い出した。

「頭、いけるか、痛ないか」と聞くと、

「いけるわけあるかい、ボケ」とシンが言い、

「そやけどおまえ、前からちょっとアホかな思たったけど、ちょっとどころかだいぶアホやのお」

と今度はマサが言った。

「すまんすまん、まあ通り魔にでも逢うたと思てあきらめえ」と私は言って、そそくさと教室に帰った。ヒトシには今度オバアの店でソバヨウショク三枚おごることで話はついた。

問題はその二人組の方であるが、「おまえら俺がこの学校でおる限り、毎日しばい

たるからなあ」のマサの脅しの言葉でびびったのか、あくる日「これ行くんやったらどうぞ」と当時はやっていたキャロルのコンサートのチケットを持ってきた。

「よっしゃー今日からおまえら、俺らの連れや」と私は全てを許し、心の広いところを見せたのである。


さてキャロルのコンサートである。もうそのチケットを貰った日から心はウキウキである。キャロルのコンサートに行くのだから学校は大きな顔をして休める（休めないか）。行くメンバーも決定した。私とシンとマサとセイイチである。四枚のチケットを貰ったのであるが、ヒトシはクラブがあって行けない。もう一人というところで全員一致でセイイチに決まった。私たち三人は、正月にナンバに行って「ダーティーハリー2」を観たきり中央進出はしていない。そのナンバだけでもややこしいと思ったのに今回は中之島である。中之島の中央公会堂なんか聞いたこともないのである。こんなときはセイイチである。セイイチは、一ヵ月に何回か家族全員で梅田まで出ている。それにキャロルのファンでもある。

「おう、行こ行こ。道とかはわかるから」と自信満々である。よっしゃよっしゃこれでバッチリや、と私たち坊主頭の中学生四人組は、白昼堂々と学校をサボり生まれて初めてのコンサートに行くこととなった。

翌日、四人組はセイイチの家に昼前に集合した。当然学校はサボっている。キャロルのコンサートは毎日あるわけではないが学校は日曜以外毎日やっている。一日ぐらいどうっていうことはない。学校への連絡はオバアの店でオバアにニセ電話をしてもらっている。しかしシンの家は学校に近すぎる。先生がやってきたらヤバイので、セイイチの家に集合したのである。セイイチの家は自分用にプレハブの勉強部屋があるので、そこで私服に着替えて出ていくのである。帰りはいかにも放課後遊んでいたように「おばちゃん、おじゃましましたあ」とセイイチのお母さんに言えばいい。

さてコンサートに行くのはいいが、問題は坊主頭である。私たちは三年になると、同じ坊主でも前髪だけ少し伸ばしていたので、そこのところを手のひらでグシャグシャと回転させせながら強くこすることにした。すると前髪は摩擦で縮れ、ピョンと立ち上がる。全くキューティクルもへったくれもない状態であるが、そんな言葉も知らない時代である。気にすることはない。

頭はそれでバッチリきまった。まるでタイ式キックボクサーのようだが、本人たちは、「おう、しっぷいのお」と喜んでいるのだから、ほっておいてもらいたい。あとは服である。服は各自よそいきの一張羅である。私は買ったばかりの「VAN」のグリーンのスイングトップに、近所の仕立屋で裾を十九センチにしぼってもらった濃いグレーのズボン。シンもマサも「VAN」や「JUN」できめている。しかし何といってもセイイチである。当時私たちの周辺では絶対手に入らなかった「ライカ」のニットシャツを当たり前のように着ていた。さすが中央に強いだけのことはある。たのもしい奴である。

私たち四人組は電車に乗り込み、一路コンサート会場の中之島中央公会堂に向かった。セイイチの家を出たのが昼頃。夕方の開演時間まではタップリ時間がある。遅くとも二時頃には会場に着く計算であった。しかし私たちはセイイチが方向音痴であることを知らなかったのである。夕方近くなっても会場には着かず、全く知らないところをウロウロしていた。

「おいこらセイイチ、この道さっきも通ったやんけ」とマサが言った。すでにその頃には前髪強力摩擦上げの髪型は、疲れきった私たち同様、元の坊主頭の前だけ少し長いやつに戻ってしまっている。そのうえ少し歩いてはゴシゴシ、少し歩いてまたゴシゴシするものだから、私たちのオデコは真っ赤になっている。

「いや、まちがいないはずや。たしかこの辺にあったんや」とセイイチは言う。そして、

「どっか場所変わったんかなあ。たしか二日ほど前まではあったんやけど」と言った。

「おまえなあ、二日前にあったもんが急になくなるかい。足でも生えてどっかにいったんかい」とシンが言った。

「そやそや、そんな大きなもんに足が生えて急に動いたんやったら『どっこいしょ』て声がうちの家まで聞こえるはずや」と私も言った。

「そやけど中央公会堂がこんなとこにあるか。北新地て書いたあるぞ」とマサが言ったとき、

「何、北新地。そんなとこに公会堂はないど。まだだいぶ向こうや」とセイイチがあわてて言い出した。

「そやからさっきから言うてんのん、聞いてないんかいボケ！」と私はセイイチをつきとばした。そのはずみでセイイチはよろけて、横を通りかかった人の白い靴を踏んでしまった。

「こるあーガキども、何さらしとんじゃい」と、そのかなり太った男の人は私たちをにらみつけた。

「あっすんません」とセイイチが謝った。そして私の顔を「アホ」と言いながら見

た。

「なんやおまえら、まだ中学生やろ。どこの学校じゃい」とその男は聞いた。もうどこから見ても「私、暴力団です」という感じである。その道一筋何十年の感じなのである。しかし、そんな感じの大人は私たちの地元でもウヨウヨいる。見慣れているのである。

「どこでもええやろオッサン、しつこいのお」と私が言うと、

「何やとこのガキャー、われら新地来るのん十年早いわい、ちょっと来い」と言いつつ、いちばん近くにいたセイイチの肩をつかんだ。その頃には私たちは、この見るからに暴力団関係者らしき男が「プロのやくざ」ではなく「セミプロのやくざ」だろうと思いはじめていた。そうである、服装だけ暴力団で、顔も髪型もそれらしくしているが、実はプロとは違うあの人たちのことである。

その男の歩き方も、地元のパリパリのやくざの人とは違っていた。近所に住んでいるプロの人は「あのなあ、歩くのもなあ、股にビールびんはさんで大股に歩く練習せなあかんわい。なかなかキビシイもんや」とよく言っていた。その言葉を信じた私たちは、次の日ビールびんをはさんで歩き方の練習をしたものである。それを見てその人は、

「おまえら、そやけどナイスなぐらいアホばっかしやのお。信じるなよそんなハナシ」と大笑いしていた。しかし大笑いしていても目だけは笑ってなく、四六時中、年中無休で目が据わっていた。その地元のパリパリやくざと比べると、この太った男はどこか違っていた。シンが小声で、

「おい、こいつアマチュアやで。せいぜいノンプログらいやろ」と言った。

「こら、おまえらも早よこっち来い」とそのアマチュアやくざが言った。

「じゃかましいわい、オッサン。調子ん乗ってたらキャンていわっそ」とマサが言った。

「何やとコラ、大人になんちゅうクチきいてんじゃい」とアマチュアは顔を真っ赤にして言い、セイイチの肩から手を離して私たちの方へ向かってきた。

「ちょっと早よ生まれたぐらいで、ええかっこすな」と私は言い、すでに臨戦態勢に入っていた。捕まれば終わりである。相手は体がでかい。一発目が勝負だと思いながらも、心の端っこの方で、せめてこの一張羅のスイングトップだけは脱いでおこうか、高かったもんなあと思っていた。できることならシンかマサの方へ行ってくれたら後ろからケッとばせるのになあ、と思っていたがやっぱり私の方へ向かってきた。

「あーあーやっぱりなあ」と思いながら私はアマチュアのアゴにねらいを定め、身構

えた。

「このガキ、ちょっと来い」と私の方へアマチュアが手を伸ばしたと同時に、アマチュアの頭のところでバリーンと音がして、アマチュアは目をつむってうずくまった。

私はまだ何もしていない。あれれと思っていると、アマチュアの後ろでセイイチが前の店の段差に置いてあった鉄板を持ってハアハアいっていた。セイイチのライカのニットシャツは肩のあたりがビローンと伸びていた。

「このアファー、ひとのシャツ伸ばしやがってえー」と怒っている。セイイチはもともとおとなしい男であるが、このての、服が伸びたとか、ヨソミをしている間に誰かが焼きソバを一口取ったとか、小便をしている最中に後ろからズボンを引っ張られて少し出るのが止まったとかいった、他愛のないことにはすごく怒るのである。

アマチュアはうずくまりながら小さな声で、

「おまえら警察なめんなよ」と少し信じられないことを言った。

「何」という言葉にならないものが全員にひろがった。

「おまえら全員、補導じゃ」と言いながら、アマチュア、いやその警察関係の方は私の足首をつかんだ。私は必死で振り払おうとしたが、なかなかしつこい。

「セイイチ、もう一発ドタマなぐってまえ」と私が言ったとたん、その男は両手を頭にもっていった。その瞬間私はこのやくざか警官かわからないややこしい男のミゾオチを足の先で蹴り上げた。

「逃げい」とマサが言い、一斉に走り出した。

「待たんかい」と男は追いかけてきたが、やがて見えなくなってしまった。私たちはそれでも走り続けた。

しばらく走り続けると、大きな川があった。その川にかかる橋の上で私たちはようやく止まり、ハアハアいいながら今走ってきた方を振り返った。誰も追いかけてきていなかった。

「あーしんど、そやけどビックリさせんのお。ポリとは思わんかったのお」とシンはゴシゴシと前髪をこすりながら言った。

「ほんまやで、先に言うてもらわんとのお」とマサも前髪をゴシゴシとやりだした。

「そやけどあのポリ、本物かな」と私もゴシゴシしながら言い、

「それよりキャロルやキャロル」と三人でオデコを真っ赤にしてセイイチをにらんだ。

セイイチは黙ってゴシゴシしながらその地区の地図が出ている看板を見ていた。

「セイイチー、おまえがいちばん悪い、おまえが」と私が言ったとき、

「あったー！　あったー！　すぐそこや」とセイイチが大声をあげた。

「何！　あったか」と三人で、セイイチが「ここやここや」と指さす地図を見た。たしかに中之島公会堂と出ている。

「よっしゃ、行こ」とセイイチはまた頭をゴシゴシしながら歩き出した。私たちはもう間違わないように地図を頭の中にたたき込んでセイイチを追った。

すでに会場には大勢の人が集まっていた。ちょうど開場したばかりである。

「おい、なめられたらアカンぞ」とシンが言い、さっきまでとは比べものにならないほど力強く前髪をゴシゴシやりだした。

その頃のキャロルのコンサートでは必ずどこかでケンカがあった。傘で人が突かれてケガ人が出たと雑誌に出ているのを、セイイチが学校に持ってきたりしていた。

「おう、なめられてたまるかい」と全員でゴシゴシとやり、会場に入るときには四人ともオデコも顔も真っ赤で、手と足を同時に出してカチンカチンで入場した。

中のロビーでは、まるで同じ世界に住んでいるとは思えないようなニーチャンネーチャンがウロウロしていた。長い髪をポマードでテカッとオールバックにし、革ジャンを着てタバコをふかしている。私たちのように言葉通りの坊主に少し毛が生えたようなガキは一人もいなかった。私もショートホープを一本くわえ、正露丸を三十粒ほどゆっくりとかみしめたような顔をして、精いっぱい粋がった。

私の横ではきれいな女の人が二人同じようにタバコを吸っていた。そして私と目が合うと、私の顔を二人して見つめた。「フフ俺のシブさがわかるかね」と私はもう二十粒ほど正露丸を追加し、うつむき加減に彼女たち二人を見た。

「キャー、かわいー、くりっくりっの丸坊主ー」と二人でデュエットのように声を出した女の人は、真っ赤になって郵便ポストのように立ちつくす私の頭をクリクリとなぜまわした。

私たち四人組は言いようのない敗北感に背を丸め、トコトコと自分たちの席に着き、念願のキャロルのコンサートが始まるのを待った。

都合の悪いことはすぐ忘れるという技術を身につけていた私たちは、コンサートが終わる頃には女の人たちに子供扱いを受けたことなど忘れてしまった。キンキンする耳に驚いたり、四人ともキャロルになりきり、ありもしないサイドの髪を指でバックに流しながら夜の道を歩いて帰った。

キャロルのコンサートも終わり、ただ毎日学校に行くだけの日々が続いていた。授業が終われば、小鉄やチンピラ生活をエンジョイしているサイたちと近くの競輪場や競馬場へ行ったりしていた。中学生活もあと少しで終わり、というところまできていた。

小鉄は進学せず、また働きもせずで、とりあえずは卒業してからの出たとこ勝負という気でいるらしかった。私は近くの工業高校へ進学することが決まっていた。最初は中央進出のため私立の高校を受け、そちらへ行く気でいたが、

「お母さん、この子は大阪市内の方を向いていったら何をしでかすかわかりませんよ。できることなら目の届くところへ置いておいた方がええと思いますわ。公立の方が安いですし」と担任の先生の一言で、母は近所の公立高校を選んだのである。父は、

「そんなもん男は遠いとこ行った方がええ。近所でブイブイいうより、知らん土地でブイブイいわした方がええ」と私立賛成の方向であったが、母の「公立安し！」の一言で、「まあどっちでも一緒や。まずは足元からかためんとのお」と公立賛成に変わってしまい、私もなんだかめんどくさくなって、近所の工業高校行きに決定した。

その頃私は学校で何をしていたかというと、毎日プロモーターに明け暮れていた。もうすぐ卒業ということで、「ここらで一発どっちが強いかやってみるかタイトルマッチ」があちこちで行なわれていた。これを見逃してなるものかと、私はプロモータ

ーとして対戦相手を捜しては間に入って話をつけ、時間と場所を決め、二人にとことん気の済むまでやりあってもらうのである。もちろん無料ではない。どうも分が悪いという奴には助太刀もする。賭け金を決め、八百長を指図したりして、残り少ない中学生活を有意義に送っていたのである。そしてそのあくどいプロモーターで得たお金が、高校進学用の学生服を誂えられるぐらい貯まった頃、私は無事中学校を卒業した。

中学を卒業して高校の入学式までの間、私はけっこう忙しかった。まず高校進学用に学生服を誂えること、そしてもうひとつは、やっと少し伸びてきた坊主頭にパーマをかけ、リーゼントにすること。私にとってその二つはかなり重要なことであった。

まず学生服である。中学のときは、光の反射で色か変わって見えるシルクのような生地で作っていたが、もう高校生である。大人である。そんなカメレオンのような学生服はいらない。やはり大人の生地は英国製である。ウールマークである。それに裏地である。当時裏地は龍や虎の柄が主流であった。少しややこしい学生服を専門に売っている店では、ウエストをしぼったヨーロピアンスタイルに、裏地は龍と虎が定番でおいてあったが、私はそういった学生服が大キライであった。それにその頃は長ランにハイカラーも主流であり、襟が高く裾の長い、ムチウチのコルセットをはめたテルテル坊主のようなのがいっぱいいた。なかには後ろから声をかけると体ごと振り返る、ロボットのようなのもいた。こういったのも私はキライである。一日中上を向いて歩かなければならない。

裏地にはキュプラを使い、天女の柄にした。そして思いきり短くし、襟も二センチにした。ビートルズが着ていたジャケットをゆったりさせたような、マタニティ学生服のようなのができあがった。あとはにっくき坊主頭にパーマをあてるだけである。

パーマをあてる店は決まっていた。小鉄が教えてくれた店で、その店はパンチパーマやリーゼント、それにソリコミ関係を得意としている店である。それまでずーと通っていた、天花粉をパタパタつけて「よっしゃー男前になったでー」とフウセンガムをくれる近所の店にはおさらばだ。

その日私は朝早くから起き出し、鏡の前でニタニタ笑っていた。この坊主頭を見るのも今日が最後である。すでにパーマ用に髪は伸ばしてある。今夜にはこの鏡の前に、ジェームス・ディーンかキャロルのエーちゃんのようになった私が立つのである。母が私の横を通るたびに「かわいそうに、とうとうおかしなったか」と言おうがかまわない。私は小鉄が来るまでの間、鏡に向かって一人ニターと笑い続けていた。

「行こけー」と小鉄はやってきた。大きなバイクにまたがり、ミラーに自分の頭を映してはニタ―と笑っている。

「あらら。もう一人おかしなのが来たがな」と言う母に、私たちは笑顔で「いってきまーす」と声をそろえて、ニタニタしたまま理髪店に向かった。

その店は郵便局の地下にあり、外からはわかりにくいところにあった。しかし地下へ下りると店の前には理髪店のシンボルがクルクルと元気よく回っていて、手書きの下手な字で「パーマ」と書いてある。

「おー書いてある書いてある」と小鉄もニタ―と笑っている。

中に入ると他に客はおらず、どうやら私たちがその日一番の客であるらしい。店の奥でタオルをたたんでいた主人は、

「あっ、いらっしゃい。おこし」と私たちの方へ振り向いた。そしてニタ―と笑いながら立っている私たちの頭に目を移すと、

「かーまた来た」と言いたげな顔をした。しかし私たちはそんなことお構いなしである。店の人がどんな顔をしようが、今日はパーマである。

店には主人一人しかいないので、まず私がやってもらうことになった。

「どないさしてもらいまひょ」と主人はめんどくさそうに言った。

「パーマあてて！」と私は元気よく答えた。小鉄も後ろの長椅子でウンウンとうなず

いている。

「あのねえ」と主人は言ってから、大きな溜息をひとつついて、言葉を続けた。「この頃毎日、ニーチャンらみたいに入ってくるなり『パーマあてて』て言う人多いけど、どこにパーマあてまんの」と言って主人はまたもや大きな溜息をはいた。

「どこて、頭やんか。ア・タ・マ」と私が言うと、

「そやからこの頭のどこにパーマをかけまんの」と主人は、私の髪の毛をちょんとつまみながら言った。

「そやから全体にパーマあてて、バックに流してよ」と私が言うと、

「流すもなにも、坊主頭にパーマなんかかけられるかいな」と私の頭を今度はスイカを叩くようにペシペシとした。

「坊主いうても、もう髪の毛伸びてるやろ」と私が言うと、

「伸びてない伸びてない。パーマやるほど伸びてない」と言う。私たちにしてみればかなり伸びたように思える髪も、人から見ればただの坊主頭に変わりはないようだ。パーマがあてられないという事実は私を放心状態にした。見ると小鉄も長椅子でうつむいて人生の敗北をかみしめている。

「どないしてもアカンかな」と私は主人の目をすがるように見つめ、「どうにかこう

にかやってみまひょか」という答えを待った。

「アカン」と主人の答えはキッパリしていた。さらに、

「これやったらパンチパーマも無理やなあ。短すぎるなあ」と追い討ちをかけてくる。

すでに私も小鉄もあのニターとした笑顔は消え失せ、このまま一生髪の毛が伸びなくなったらどうしようと考えていた。しかし、

「アイパーやったら、なんとかなるけどなあ」と小さな声でつぶやいたのを、私は聞き逃さなかった。

「おっちゃん、そのアイパーて何よ」と藁にもすがる気持ちで尋ねた。

「アイパーて、アイロンパーマのことやがな」と主人は言った。そうである。アイロンパーマというのがあったのである。アイロンパーマとは、何やら平べったい大きな洗濯バサミのような、五平餅の中につっ込んである竹を二つあわせたようなものにコードがついていて、それが熱くなり、そいつで髪の毛をはさんで「ジュウッ」と折り曲げていくのである。まさに髪の毛にアイロンをあてるのである。

「おっちゃん、そのアイパーていうのんやったら、どんな感じになるのん」

「そやなあ、パーマはフワッとウエーブが出て、パンチはクルクルやろ。アイパーは

なあ、ビシッてオールバックになるなあ」と主人は言い、すでにアイパー用のハサミのようなのを出している。

「ビシッてオールバックかあ」と私はまたもやニターと笑いつつ、ビシッときまったオールバックの自分を思い浮かべた。小鉄も後ろでニターとして、「アイパーアイパー」とブツブツ繰り返している。

「そやそや、ちょうどおっちゃんみたいになるんや」と主人は自分の頭を指した。

「え……」と私は急に声が出なくなってしまった。その主人の頭はたしかにビシッとオールバックになっているが、お世辞にもカッコイイと言えるものではなかった。まるでオムスビの上にちょこんと海苔をのせたような顔である。

「そ、そんな髪型になるんけ」と私は汗が吹き出るのを感じながら聞いた。

「そうや、こんなんになるんや。かっこええやろ」と主人は言い、ゴソゴソとパーマ液を調合しはじめた。小鉄はすでに片方の足が出口の方へ向いている。

「あの、その、あのなあおっちゃん」と私は意味不明の言葉を繰り返し、テキパキと用意を進める主人を見ていた。そのときふとこの店の料金表が目に入り、アイパーのところだけ二種類の料金が出ているのを発見した。

「おっちゃんおっちゃん、あのアイパーのとこだけ二種類あるけど、また別のアイパーあるんけ」と私は作業が少しでも遅れるようにと料金表を指さした。

「ああ、これか。これなあ、この高い方のやつは髪の毛の下と上とで二ヵ所で折るさかいに同じアイパーでもフワーとなるやつや」と主人は準備を完了して言った。

「そのフワーのアイパーやったら、どんな感じになるんや」と私は少しだけ見えてきた希望を胸に聞いてみた。

「そやなあ、ちょうどそこに貼ってあるポスターの外人さんみたいになるなあ」

私と小鉄はそのポスターを見て、またもやニターと笑い出してしまった。そこにはジェームス・ディーンがタバコをくわえて「こんな髪型になるよお」と私たちを見つめていた。えらい違いである。少しの料金の違いで、ジェームス・ディーンとオムスビに海苔ちょこんである。小鉄は出口の方を向いていた片足を店内に向けた。

「やって。それやって。おっちゃん、その高い方の上と下で折るやつやって」とお願いした。

「そやなあ。やれんことはないと思うけど、なんせ毛が短いからなあ。熱いでえ」

下を折るのは、生え際から二ミリぐらいのところにコテを入れてぎゅっと折り曲げるのであるから、ちょっと失敗すればすぐヤケドしてしまう。うまくいってもかなりの熱さだという。

「かめへんよ。やってちょーだい」と私は言った。海苔オムスビになるぐらいならヤケドをしてもジェームス・ディーンである。

「よっしゃ、やったろ。ワシも職人や。まかしとき」と主人は自信たっぷりに胸を張った。そして少し腰を落とすと、私の髪を櫛で引っ張り、髪の根元に熱いコテを入れてきた。

「あっつー！」と私の体が浮き、同時に「あっすまん」と主人が言った。焦げ臭い香りが漂った。

それからの数十分間に私は何回「アッツー」と飛び上がったであろうか。何回主人が謝ったであろうか。しかしその文字通り熱い死闘の末、私と小鉄のアイパーはできあがった。

しかし二人ともジェームス・ディーンのようにはならず、どちらかといえばオムスビに海苔ちょこんである。

「おっちゃん、ポスターとぜんぜん違うやんか」と私たちが言うと、

「いや一緒や。顔がぜーんぜん違うだけや」と主人は大きなことをやりとげた顔で言った。

たしかにジェームス・ディーンとは比べものにならないが、坊主頭とも全然違う、

一気に大人になった気分である。

「またすぐ伸びるから、伸びたらまたおいでや。今度こそパーマあてたるから」と笑顔で言う主人に礼を言い、私たちは店を出た。

「これからどないする」

「とりあえずサイの家に行って、この頭みせびらかそか」と二人でバイクに乗り、焦げ臭い香りをなびかせてサイの家に向かった。

「じゃーん」と私たちがサイの家に入っていくと、サイとガイラの二人がいて、私たちに、

「じゃーん」と同じことを言った。

しかし同じ「じゃーん」でも、私たちより彼らの方がはるかにインパクトが強かった。なんとサイの頭が真っ茶色になっているのである。ただでさえこの二人は卒業してからすでに一年ほどたっているので当然私たちよりカッコイイ、フサフサのパーマがあたっている。そのうえこの茶色の頭である。またもや私と小鉄は人生の敗北感を味わい、シュンとなってしまった。

「でや、かっこええやろ」とサイが言う。くやしい私は、

「へん、何がかっこええねん、髪の毛なんか染めやがって。男のくせに」とブツブツ

言ったが、サイは聞こえていない。

「ガッハハハ。やっぱりオキシドールはようきくわい。真っ茶色や」と鏡ばかり見ている。

「そやけど、やっぱりガイラはえらいわ。サイみたいに毛え染めて、女のくさったみたいにいちびれへん」と私は横でニタニタ笑っていたガイラに言った。ガイラはニタニタ笑いながら立ち上がり、窓に寄って太陽の光があたるようにして頭を指さし、「じゃーん」と言った。なんと、くやしいことにガイラの頭は太陽の下では栗色になってしまったではないか。

「やっぱりフェミニンはええわ。ええ色になる。ガッハハハハ」と大きな口を開けて笑った。そして二人は声をそろえて、

「君たちねえ、もうそんなソリコミなんかやめなさいよ。オデコが青くってみにくいよう。もっと大人になりなさい」と言った。

たしかに私も小鉄もオデコがMの字になるようなソリコミが入っていた。

「それで二人とも、ジャーンて言うて入ってきたけど、どないしたん。またソリコミでも広げたの。言ってみなさい」とサイが言った。

「お、おまえら見てわからんのかい」私たちは自分たちの頭をグイッと前方へ差し出

した。

「どないしたんな。ハゲでもできたか」

「よう見んかい、アイパーじゃ。しっぶいやろ」と小鉄が大声で言った。

「ワハハハ、それアイパーかあ。ハハハハ、おいガイラ、アイパーやて」とサイは笑いながらガイラを見た。ガイラは、

「そうかあ、アイパーあてたんか。俺は頭に昆布のせてるんかなと思てたけど、アイパーかあ」と言いつつ、肩をふるわせて笑っている。

「どこの世界に、頭に昆布のせて歩いてる奴がおんねん」

「ここに二人もおる」

「ほっといてくれ」と言う私たちに、ガイラは、

「まあそやけど、坊主よりええわな。郵便局の下でやったんかい」と言い、私たちは「そや」と元気よく答えた。そうである。昆布であろうが海苔であろうが、私たちには坊主よりはるかにかっこよく見えるのである。それだけでも満足していた私たちに、この二人は毛を染めるという新しい目標を与えてしまった。パーマは無理でも、毛を染めるのには長さは関係ない。小鉄も同じことを考えはじめたらしく、二人で顔を見合わせ、ムフフと笑い合った。

「おう、もっとゆっくりしていけよ、昆布二人組」と言うサイをケッとばし、私たちはバイクにまたがり家路についた。途中、

「おい、どないしたんや。今日は二人とも黒いヘルメットかぶって」と笑ったカズをしばきたおし、

「明日、毛染めの液、持っていくから」と言って帰った小鉄の言葉を何度も思い出してムフフと笑いつつ、その日は早めに布団にもぐり込んだ。

翌日、母が仕事に行ってすぐに小鉄はやってきた。小さな箱を手に、ニターと笑っている。

「フフフ、昨日の夜、ちょっと難儀して手に入れたんや」と箱を振り振り入ってきた。

その箱の表には外人の女の人が笑いながら手で髪をかきあげている写真がのっていて、裏には英語の長い説明書きがあった。外人モデルの髪の色は上品なブロンズ色である。サイやガイラのような品のない色ではない。

小鉄は箱の説明を読みながら「ははーん、イエースイエース、ハハーン」と言っていたが、私が「何て書いてあるねん」と聞くと「さあー、さっぱりや」と言ってバリバリと乱暴に箱を開けた。

箱の中には、自転車の油差しのような容器が二本とビニール手袋が入っていた。容器の一本にはドローとした液体が入っていたが、もう一本は空であった。

「おお、ちょうど二本入ってら。半分ずつに分けて使おか」と言いながらドローとした液体を容器に分けはじめた小鉄に、

「おい、そやけどそれ水かお湯で薄めたりせんでもええんか」と私は聞いた。

「そんなん、後で洗い流すんやから一緒やんけ」

私もなるほど同じことかと思い、小鉄の作業を見ていた。やがて二つに分けられた液体ができあがり、私も小鉄もしばらくそれを見つめていた。

「おい、これで頭洗ろて、すぐ流すだけでええんか」と私はドローとした液体を目の高さまで上げて小鉄に聞いた。

「アホ言え。そんなもんすぐ流してどないすんねん。ちょっとの間、待っとくんや」

小鉄は箱の裏を「ハハーン、オーイエース」と読み出した。

「おまえなあ、日本語もわからんくせに英語がわかるんかい」

「そんなこと言うてるから、いつまでたってもアホのままや。英語はわからんでも、数字はどこでも一緒じゃ」と私の顔を見つめ、外人のように肩をあげて溜息をついた。しばらくすると、

「おう、あったあった。120て書いてあるから二時間やな」と小鉄は自信満々に言った。

「二時間て、えらい長いのお」

「一本一本髪の毛を染めていくこと思たら、短いぐらいや。まとめてできるんやから」

私もまあそんなもんかなあと思いながらうなずいた。

そうと決まれば行動は早い。私たち二人は、ドローとした液体を原液のまま頭にニュルニュルとかけ、ガシガシと頭をこすった。当時私の家にはまだ風呂場がなかったので、台所で新聞紙に丸い穴を開け、それをスッポリかぶってテルテル坊主のような格好になった。

その姿のまま二時間、ジーと待っているのであるが、一時間ほどたって鏡を見るとすでに髪の毛は、かなり茶色くなっていた。

「おい小鉄、もう今でもかなり茶色やぞ」と言いながら私は小鉄が読んでいた箱を手に取った。説明書きのいちばん下に、たしかに小鉄の言ったとおり120という数字が太い字で書かれていた。しかしその太字に続いて小さな字でmlとある。

「おい小鉄、この120の後ろのmlて書いてあるのん、どっかで見たことないか」と私は小鉄を呼んだ。

「おう、どっかで見たことあるのお」と言いながら小鉄は鏡を覗いて、

「ほんま、えらい茶色いのお」と言った。

私はしばらくの間必死で考えていたがなかなか思い出せず、もうすぐ二時間というところでやっと思い出した。

「ファンタやー！」と私は大声を出した。

「おーう、そやそや。ファンタに書いたある書いたある」と笑う小鉄を私は思いきりケトばし、急いで箱を取り上げた。そして120以外の数字が書いてないかを探した。しかしどこにも数字らしきものはなかった。

私たちはすこしやばいなあと思いながら急いで頭を洗った。そしてバスタオルでゴシゴシと拭きながら鏡を見てア然となった。

あの液体で濡れているときはわからなかったが、洗い流してみると私たちの髪は品のいいブロンズ色をはるかにオーバーランしていた。

「ドヒャー」と私が言い、

「ウヒャー」と小鉄が言った。

鏡に映った私たちの髪は、ブロンズどころかすでに赤色も通り越していた。もう黄

色か金色に突入していたのである。

そのうえ短いので、昨日まで昆布か海苔をのせたようだったのが、まるでチキンラーメンをのせたような頭になっていた。

「えげつないけど、けっこうカッコエエかもしれんぞこれは」と私が言うと、

「金髪やのお、しぶいのお」と小鉄も言った。

「それになんか、毛がやらこいのお。ええニオイもするし」と私たちはうんうんとうなずいて、ずっと鏡を見つめていた。

鏡には金髪でソリコミを入れ、眉毛を剃った二人の悪ガキが映っていた。

「もうちょっとで高校やのお」と小鉄は言った。

「おうそうや」と私はうなずいた。高校入学はすぐそこまで近づいていた。

Ⅲ

「何やこの学校、ガラスがあらへんがな」

母が初めて私が行く工業高校を見たとき言った言葉である。まさにそのとおりであった。教室や廊下のいたるところに、薄いベニヤ板が打ちつけてあった。そこに男ばかりが詰め込まれ、休み時間になると各教室からタバコの煙がモウモウとあがっていた。タバコぐらいで停学にしていたら、あくる日から全校生徒がいなくなってしまうような学校である。一日が終わり掃除をすると、ゴミより吸いがらとややこしい薬の空き箱の方が多いぐらいである。そんな奴があちこちから集まってくるのだから、当然毎日が無事に終わるわけはなかった。

初めて学校に行く日、私は近所の駅から電車に乗った。ほとんどの学生は大阪市内へ向かうので、反対方面への電車はけっこうすいていた。しかし学生服を着た連中が思ったより多く乗っている。

「ほう、けっこう多いもんやのお」と私は隣に座るアキラに言った。アキラは中学の同級生で、今回も同じ学校の同じクラスになった奴である。彼の口グセは「九州男児は強いんじゃ」であった。ケンカをするたびに「九州男児は強いんじゃ」と叫び「チエストオオオ」と相手に突っかかっていくのである。しかしそう言いながらケンカをしても、今まで勝ったところを見たことがない。鼻っ柱だけは誰よりも強く、みんなから「瞬間湯沸かし器」と恐れられていた男である。

「うーん、おなごもようけおる。こりゃけっこう、ええ学校かもしれんのお」とアキラは言った。工業高校であるから女の子とは無縁だと思っていたが、電車の中には女の子がたくさん乗っていた。

「それにみんな、えらいおとなしそうな奴ばっかりじゃ。たまに悪そうなのもおるけど、たかがしれとる」とアキラは言い、車内中の男子生徒をにらみつけていた。

たしかに、車内の男子はカバンも分厚く、学生服もまともである。なかに少しソリコミを入れたのや髪を染めたのもいたが、ほんの少数であった。

「こりゃーラクじゃ、おまえなら三日もあれば天下じゃ。ハハハ」とアキラは気楽な声を出した。

やがて電車は私たちの高校がある駅に着き、ドアがプシューと開くと同時にみんな一斉に降りだした。電車からは、これほど大勢乗っていたかと思うほどの学生が降り、駅のロータリーに続く地下通路は学生たちであふれかえっていた。

地上へ出ると、先ほどの女生徒やまじめそうな男子生徒は全て左に向かっていった。

「ありゃりゃ、みんな反対方向へ行っとるぞ」

そのかわり、ごく少数だった目つきの悪そうなのは全員右の方を向いている。そうなのである。駅を出て左に行くと男女共学の有名進学校があり、右に行くと男子ばかりの、私たちがめざす工業高校があるのだ。

「見事に分かれたのお」と私は溜息をついた。駅から左を向いて歩いてる奴は全員分厚いカバンを持ち、本を読みながら歩いてる奴もいる。しかし私たちが向かうべき右側は全員ペラペラのカバンであり、道のあちこちにツバを吐き、あちこちで熱い視線の飛ばしっこをしていた。

やがてこれから三年間お世話になる学校に着き、私とアキラは自分たちの教室に入った。すでにたくさんのバカどもが集まっていて、教室中がタバコの煙でもうもうたるものであった。そして五分もしないうちに隅の方では「やあやあワレこそはあ」と見知らぬもの同士のこぜりあいが起きていた。私はこんな中で無事に三年間も高校生活が送れるだろうかと心配になっていた。そんな私の心配をよそに、不幸は起こるものである。その日から一週間もしないうちに、私は停学をくらうことになる。

入学式から約一週間、私はかなりおとなしく高校生活を送っていた。アキラたちは、

「どないしたんな。どこか悪いところでもあるんか。めずらしい」と言って私をけし

かけたりしていたし、なかには私が歩いているとわざと肩をぶつけてきては、「なーんや、モンクあるんかい」などと言って鼻の穴をパカパカ広げる奴もいたが、それらの挑発にはいっさい乗らずにおとなしくしていたのである。

その頃私には、高校に入学して初めての友人らしきものができつつあった。私の隣の机の奴で、キヨシといった。私はキヨシと呼ばずに、キヨと呼んでいた。

この男に初めて声をかけられたときは、私は一瞬後ろへのけぞりそうになった。学生服のボタンを全部はずし、ラメ入りの腹巻きを見せて机の上に足をのせ、ニカッと笑いながらいろいろと話しかけてきたのだ。

そういうインパクトの強い服装のうえ、こやつにはオデコがなかったのである。どう見ても何度見ても、オデコがないのである。眉毛のすぐ上がすでに前髪の生え際であった。そのうえ、この男も坊主頭の伸びかけに無理矢理アイパーをあてていたため、チョコンとのせた昆布がかなり前にずれている感じがする。病気で熱が出たときにどこを冷やすのか、親も苦労するだろうなあと思えるぐらいオデコがなかった。

しかし、周りの奴らが「あれがキヨシていう奴らしい」とかコソコソ言っているところをみると、けっこうこの近くではブイブイとうるさい奴らしいのであった。そのキヨが、

「まあ一週間ぐらいせんと、落ちつかんわなあ」と私にニカッと笑いながら言った。

「そやの、それぐらいしてからやの」と私も言い、一週間ほど私たちは静かにしていた。

その一週間ほどの間に、あちこちで激戦が繰り返されていた。その間に私は、キヨの仲間と急速に友人関係になっていった。ウマが合うというのか、なぜかキヨやキヨの友人たちとは初めから仲が良かったのである。キヨの友人たちもおとなしくしていたが、

「相手が何人来ようが、一人でもやったるでえ」という雰囲気があった。それとは逆にその一週間に暴れまくっている連中はいつも大人数で少数をやっつけるという、私が最もキライなタイプの連中ばかりであった。

そして一週間と少しがすぎた頃、駅前で会ったキヨと私とアキラの三人が学校の門をくぐろうとしたとき、十人ほどの奴らに、

「おい、おまえらちょっと待ったらんかい」と声をかけられたのだ。私はキヨに小声で、

「来たのおー」と言った。キヨも小声で少し嬉しそうに、

「来ましたなー」と言った。

　私たちが振り返ると、そこには「ゴリ」というあだ名の男と、その男にいつもつき従っている連中多数がいた。この連中はここ一週間の間に次々とケンカをふっかけ、ゴリの兄がこの学校の三年生でかなり力をもっていることを武器にして、かなり頭角をあらわしているグループであった。

「なんじゃあコラア、誰に言うとんのじゃい」瞬間湯沸かし器のアキラは、待ってましたとばかりにゴリの方へ向かっていった。

　しかし数秒もしないうちにアキラは丸太ん棒で頭を殴られ「ううう」とその場にうずくまってしまった。さすがアキラ、高校になっても弱いままである。

「おいこら、なめてんのかい」ゴリが言いながら私に近づいてきた。私はゴソゴソとカバンの中に手を入れた。

「うわ、ゴリラがしゃべった」キヨは笑いながら大声で言った。このゴリという奴は、ゴリラに学生服を着せたような男で、顔も体つきもまさしくゴリであった。

「なんやとコラ。おのりゃ、もういっぺん言うてみぃ」とゴリは私の横を通り、キヨの方へ向かって行きかけた。

「ゴリ、えさじゃ」私は言って、カバンの中に入れていたカナヅチでゴリの頭を殴りつけた。工業高校である、カバンにカナヅチを入れていても誰も不思議とは思わない。私のカバンにはいつもカナヅチと畳針と鉄板が入っていた。

ゴリはなんだか大げさな声をあげるとその場に倒れ、足をバタバタさせて転げまわった。頭からはかなりの量の血が吹き出していた。どうやら私は、間違ってとんがった釘抜きの側で殴ったらしい。

「あらら、まちごうた」と私がカナヅチを見つめていると、キヨはそれを私から奪い取り、

「そりゃー」と、ボウ然と立っていたゴリのお付きの群れに走り込んでいった。お付きの群れは面白いぐらいキヨにカナヅチで殴られ、その場にはゴリを含めた足バタバタ男が大勢倒れていた。私は動きの鈍くなったゴリの胸の上に腰を下ろし、大きな石でゴリの頭を何度も殴りつけた。そしてトドメにその石でゴリの鼻を真上から殴ろうとした。そのとき、

「待てー!」と声がした。後ろを振り向くと三人ほどの先生が走ってきていた。やばいと思い周りを見ると、アキラもキヨも姿はなく、ゴリの上に馬乗りになった私がいるだけであった。

停学期間を無事に終え、久しぶりに学校へ顔を出してみると、すでに以前のような

勢力争いはおさまり、ある程度のバランスが保たれているようであった。しかしゴリたちの動きはなお怪しげで、表向き私たちには笑顔を見せるようになってはいたが、陰にまわるとなかなかくせ者であり、多方面のグループと手を結んで連合組織の結成にやっきになっていたのである。

そんなことなどこれっぽっちも知らず、また知っていてもめんどくさいことがキライな私たちは、ノホホンと高校生活を送っていた。

その頃私は常にキヨと一緒に遊んでいた。私もキヨも共にお金がなく、お金がないところには不思議と金のない奴が集まり、私たちのグループはいつも五〜六人ぐらいが毎日ピーピーと言っていた。それにくらべるとゴリたちのグループは資金力が強く、毎日食堂で高価な定食を食べ、何十人分の喫茶店代も常に用意してあった。まさに私たちとは正反対の恐るべきグループなのである。

私たちのお昼といえば、一応全員家から弁当を持ってくるのであるが、そんなものは朝のうちに食べてしまっている。そうなると昼めし時には食べるものはない。しかし私たちの腹はすぐへってしまう。腹がへれば校内食堂へ行く。食堂へ行ってもお金はない。

しかしお金がなくても食べることはできるものである。まず誰か一人、ターゲットを決める。そいつがきつねうどんを食べているとすれば、ジャイケンで負けた奴がそのターゲットの後ろへソロリと回り込み、両手でターゲットの目を隠して「だーれだー」と言う。何も知らないターゲットは笑いながら、「おお、だれなあ。あっ吉森かあ。いやちがうなあ。あっヒロシやなあ」とアホかと思うほどノンキなことを言う。そのすきに私たちは各自用意の割り箸でそやつのきつねうどんを食べてしまうのである。その場合、熱いなどとは言ってられない。ヤケドをしようがどうなろうが、とにかく口の中にたくさん入れた者の勝ちである。あとは少し離れたところでゆっくり嚙めばいいのである。アキラはそんなとき必ず一番に手づかみでオアゲさんを取った。そしてそのオアゲさんをすぐ食べずに、次なるターゲットが米関係の物を食べている奴になるまでガマンしていた。そしてまたもや一番に手を伸ばし、手づかみでめしだけを取る。そして食堂の隅の方に行き、きつねうどんの甘いオアゲさんとめしとでかなりでかいイナリズシを自分で作り、お茶を入れてゆっくりと食べはじめるのである。そのアキラが作るイナリズシはなかなかの美味であり、現在アキラが寿司職人として働いているところを見ると、当時からその才能は芽生えていたのであろう。

しかしそんなことはいつまでも続けられるものではない。そのうち、私たちが食堂に現れると一斉に食べる速度が速くなり、あっという間に誰もいなくなってしまうようになったりした。

そうなるとしかたがない。この食堂はあきらめるしかない。しかし食堂はここだけではない。そう、近所に男女共学の進学校がある。私たちはその日から、昼前になると他校の食堂に出かけるようになっていった。

私たちは最初、わが母校から歩いて十五分ぐらいの進学校に顔を出していたが、この食堂は私たちの食堂とあまり変わりばえせず、メニューもしれていた。まして進学校である。勉強一直線の奴らである。私たちが食堂に入るだけですぐ他校の生徒とわかってしまい、計画はうまく運ばなかった。それにそこでラーメンなどをすっている奴らを見ていると、こいつらには食欲というものがないのだろうか、と思えるぐらい食べ方に元気がなかった。

「おい、なんか知らんけど、ここは俺らの来るところとちゃうど」とアキラが言った。

「うん、なんかこう、ここでおると元気がなくなるのお」とキヨも言った。

それは全員が思っていたことで、私たちはそこをあきらめ、少し遠くなるが電車に乗って別の共学校をめざすこととなった。

私たちの工業高校から電車で十分ほど行くと、普通科の共学校と産業高校があった。そこは二校ともそれほどの進学校でもなく、それほどのバカ学校でもなく、男女の比率もちょうど良い、まさに青春ドラマのようなキャピキャピ校であった。その二校の近くにはきちんとお好み焼き屋やたこ焼き屋もあり、学生相手の喫茶店もあり、「みなさーん、学校の帰り道でお好み焼きやたこ焼きなどの買い食いはしないよーに！　それにキッサ店での喫煙などもしないよーに」などと、朝礼で生活指導の先生がマイクの前でジャージのズボンを上げながら言っていそうな、正しい高校なのである。

私たちの高校のように、近所は田んぼや畑しかなく、その周りをキャバレーやスナックがごちゃごちゃと建ち並ぶ歓楽街がかためているといったところではないし、学生服の胸ポケットからタバコが見えていると、「ええタバコ吸うてるのお」と先生が言うだけでおとがめなしの高校とは全く違っていた。

それだけ違ってくると、当然「ヒガミ」というものが出てくる。その「ヒガミ」は男女共学という言葉で大きくふくらみ、やがて「ウラミ」に、または「ネタミ」に変わっていく。そりゃーそうである。

学校が終わると、男女が少し離れたタバコ屋の角で待ち合わせ、二人して一緒に帰ったり、二人してお好み焼き屋に寄り、

「あーん。このマヨネーズの袋、切り口がなーい」などと女の子が言うと、

「貸してごらん、エイ」とバカ男が言ってその袋をピシッとうまく破る。

「わーヒロシって、チカラモチー」とマヌケ女が言い、二人して意味もなくフフなどと笑い、お好み焼きにマヨネーズをハート型にウネウネとしぼり出し、男がそれを半分に切ろうとするとマヌケ女が、

「いやーハートが半分に切れちゃう」などとほざき、

「だいじょーぶさ、食べてごらん」とバカ男が言い、二人で見つめ合いながら半分ずつ食べ、食べ終わるとバカ男はマヌケ女にチュッと軽くキスをして、

「ほうら、これでハートはひとつさ」などとやっているのである。さらに二人は帰り際に交換日記を手渡し、中には、

「Why、今日のアケミは冷たい、なぜ、なぜ、なぜ」などと書いてあるのである。

一方、私たちの高校といえば、近くのタバコ屋の角で待っているのは男であり、

「おい、ちょっとカオ貸してくれ」という奴か、タバコ屋のおばはんに、

「なんでショートホープひとつだけやったらあかんねん」とブツブツぼやいてる奴ぐ

らいである。交換日記は、Gの10番のボンドだの赤缶に入ったシンナーだのを売ってくれる店のリストや、ダウン系の薬を売ってくれる薬局のリストに変わってしまう。情けない限りであるが、そういったところから芽生えた「ネタミ」や「ウラミ」は、当然昼めしを横取りするだけではおさまらず、食べたついでに腹ごなしのため、誰彼なしになまいきそうなのを見つけては、しばきたおす方向へ行ってしまうのである。

初めて普通科の共学高校の食堂へ行ったとき、私たちはその場に立ちすくんでしまった。まず食堂内の音量および音質が違うのである。食堂の大きさはさほど変わらないのであるが、そこの食堂はワイワイと生徒が騒ぐ声があっちこっちに当たって、弾んでいるのである。さすが男女共学である。それも、大学など先のことはあまり考えていない、その日一日が楽しければそれでいいというタイプが集まった共学である。男子校にはない、女生徒のソプラノによるワイワイザワザワがある。それに食堂内には放送部のDJ付きで音楽が流れていたのである。

何よりも私たちがショックを受けたのは、メニューであった。私たちの食堂のように「うどん」といえばうどん、「ラーメン」といえばラーメン、なんていうのとはわけが違う、うどんだけでもかなりのバリエーションがあるのである。きつねうどんに天ぷらをのせた、天きつうどんなるものもあり、ラーメンにはきっちりとハムまでのっかっている。そして卵を入れたい奴は「卵も入れて」と言えば、食堂のおばちゃんは笑顔でパカッと卵を入れてくれるではないか。

それにカウンターのところには、コーラやグレープフルーツ味のメッツまである。それだけではなくメロンソーダまである。その横にはクッキーでアイスクリームをはさんだものやアメリカンドッグまで置いてある。私たちの食堂のようにカタカナはラーメンだけではないのである。

そこにいる男子生徒は、女子生徒と仲良くおしゃべりをしながら日替わり定食を食べたりコーラを飲んだりし、女生徒は「ここのカリカリのところが好き」などと言いながらアメリカンドッグを食べ、食後にクッキーサンドまで召し上がっている。まさにランチタイムである。昼めしではなかった。

「チャラチャラしやがってえ」とキヨが少ししかないオデコにしわを寄せながら言い、

「グチャグチャにいてもうたる」とアキラが言った。私も「そうや、いてもうたる」と言いながら、今度生まれ変わったときには絶対にこの高校へ来ようと思っていた。

その日の私たちは荒れまくった。最初はいつもの戦術通りに、背後からの「だーれだ」作戦にうって出たのであるが、

「だれなあ。ケイコかあ、トモコかあ、あっノリコやなあ」とその男は、ジャニーズ系のような声で女の子の名前を連発したのである。その男が食べていたカツカレーの、カツの部分を取ろうとしていた私の手も、カレー味のイナリズシを計画していたアキラの手も、その言葉に止まってしまった。

まさか女子の名前が出てくるとは思っていなかった私たちは、自分たちとこの男が同じ高校生でありながら、全く違った高校生活を送っている事実を目の当たりにしたのである。

いつもなら笑いながら目隠しをしているキヨが、鬼のような顔になり、両手がプルプルとふるえるぐらい力を入れだしていくのがわかった。このままでは目玉が押しつぶされるのではないか、という力の入れぐあいである。やがて、男は「グワアアア」と大声を出しはじめ、キヨが手を離すと同時に私は思いきりそいつを蹴り上げた。

その日の私たちの「だーれだ」作戦は、相手の昼食を取るものからその男がいったいどんな名前を言うかに変わっていき、女子の名前連発男は、世のため人のため、しばきたおす方向へ向かっていった。

やがてその食堂内はパニック状態におちいり、先生たちに追われるようにして私たちは共学校を後にした。

その後も私たちは近辺の高校への「だーれだ」作戦を繰り返していったが、そのうち目的は昼食ではなく、ただ他校へケンカをふっかけるというものに変わっていった。かなり遠くの高校まで天下布武の夢を胸に足を伸ばしだした頃、ゴリたち連合軍による私たちへの攻撃が始まったのである。

その日私たちはいつものように学校が終わってから、駅前のキャバレーの横のきたない雑居ビルの地下にある喫茶店で集まっていた。いつものように一時間ほどバカ話をし、店を出た私たちはそれぞれの方向へ帰っていった。そのときゴリのグループも、私たち一人につき五人ほどの人数で、私たちと同じようにそれぞれの方向へ分かれていったことなどだれも知らなかった。

私はアキラと一緒に駅に向かっていた。駅に着いたときアキラが、

「おう、ちょっと便所行ってくるわ、先に上がっといて」と言い便所へ向かった。私は、

「そんなもん、家に帰ってからせいよ、一回や二回ぐらいせんでも死ねへんわい、早よせな電車来るぞ」と軽口をたたきながら、プラットホームへ続く階段を登っていった。そしてプラットホームへ登りきったとき、後ろからドカドカと六人の男が走ってきて、

「おい、ちょっと待ったらんかい」と声をかけ、私を取り囲んだ。私の前に立つ男は、学生服のポケットから折りたたみ式のナイフを取り出した。

私はそのナイフを見てビックリしてしまった。なんとそのナイフはスーパーなどの百円均一コーナーに置いてある、えんぴつをけずったりする安物であった。私は、

「おまえなあ、俺を刺すのはええけど、もうちょっと元手かけてくれへんか」と言った。

「なんてコラア、いてもうたろか」とその男はその百円ナイフを突き出し、一歩前へズイッと出た。そしてあきらかに刺す気がない、相手をおどすためだけの目的で、私に向かって力いっぱい突いてきた。

私はいつものように鉄板入りのカバンでそのナイフを正面から受けとめた。しかし悲しいかな、やはり元手をかけていないナイフである。折りたたんだ状態から刃を出しても、ストッパーなどついていない。そのナイフは私の鉄板カバンに突きささらず、ゴメンナサイネと元のように折りたたんだ状態になってしまった。しかし元の位置のところをその男はバカ力で強くにぎっていたので、戻るところを失ったナイフはその男の指を切るしかなかった。

「ひやー」と言ってその男はナイフをほうり出し、その場にひざまずいた。血が流れ

てはいるが、さすが安物である。遠慮をして指までは落としていなかった。

「ひやー」とその男はまたもや情けない声を出した。周りの連中も全員そろって、情けない奴ばかりであり、その場に立ちつくしている。私たちはあちこちの高校にケンカを売りにまわっていて、日に何回もこんな場面に出くわしていたので何ともないが、この男たちはどうもそうではないらしく、自分たちの知り合いばかりの中で、毎日同じパターンのこの手ぬきゲンカをしていたらしい。こうなれば人数なんか関係ない、ケンカ慣れしてる方がはるかに強いのである。

「ビビってんやないわい、このガキャ」と私はナイフ男の頭を鉄板カバンで殴りつけた。そして周りの連中に、

「おのれら全員、まとめてかかってこい」とタンカを切った。

「はい」と言ってかかってこられると私としては大変困るのであるが、やはり連中はかかってこず、下を向いて私と目を合わせないようにしていた。

これで私の方はカタがついたが、問題はアキラである。便所にしては長すぎる。しまったと思い、下の便所へ行こうとしたとき、

「いやあ、ナイフやもんなあ。ビビッたビビッた」とアキラがプラットホームへ上がってきた。アキラは便所から出てホームへ上がってきたが、私が囲まれ、一人がナイ

フを持っているのを見て、階段に伏せて隠れて見ていたらしい。やがて私の勝利とわかるとノコノコと出てきたのである。なんと頭脳的な、冷たい男であろうか。しかしアキラの本当の恐さはこれからである。相手が強い場合はさっぱりであるが、相手が弱くて完全にこちらが勝っている場合は、この男すさまじくえげつないことをする。

アキラはニタニタ笑いながらナイフ男に近寄ると、足で顔を三回ほど蹴り上げ、仰向けにして胸の上にドッカリと座った。ポケットからカッターナイフを取り出して、チキチキチキと刃を五センチほど出したかと思うと、目をむいてアキラを見つめる男の鼻の穴にカッターナイフをつっ込んだ。そして恐ろしくドスのきいた小声で、「切り刻んだろか」と言うのである。恐るべしアキラである。あいつだけは敵に回したくないと、みんなが言うはずである。

戦意をなくしたうえに、アキラによる「おまえらの一人や二人ぐらい、笑いながら切り刻むよ」的カッター攻撃に、そいつらは私たちが聞いてもいないことまで見事にしゃべり、駅員が駆けつけた頃には私たちはゴリたち連合軍の全計画を知って電車に飛び乗ってしまっていた。

あくる日学校に着くとさっそくキヨが走り寄ってきて、自分たちが昨日の帰りかなりの人数に襲われたこと、しかし自分は強いので反対に返り討ちにしてやったことなことを、相当のフィクションを交えて話し出した。私は根が正直者なので、昨日の駅でのことをそのまま伝えた。ただ相手の人数だけは二十人ぐらいだったと言ってやった。やがてこの人数は、アキラにより三日もすれば三十人ぐらいに増えるであろう。

昨日のことは全てゴリが計画したらしいということは、みんなわかっていた。

「さあて、これからどうするかやのお」とキヨがラメ入り腹巻きに両手をつっ込んで言った。

「おう、それやったらアキラがやるらしいぞ、アキラが」と私は言った。アキラは今日学校へ着くとすぐ、キヨも私もキヨの友人たちもみな襲われたことを聞き、自分一人だけ狙われなかったことにかなり腹を立てているようで、

「あのゴリのガキ、いっぺんキャンていわしてもうたる」と言っていたのである。

キヨはアキラの方を向き、

「おうアキラ、いつやる。昼休みにでもやるか。そうか今からでも引っ張ってこうか」と言った。私もアキラに向かって、

「サシでやんのはええけど、素手でやったらおまえ負けるぞ」と言った。

「だれがサシでするかい、フイウチじゃ」とアキラはきっぱりと言いきり、何かまたいやらしい計画を思いついたらしく、一人でケケケと笑い出した。

一時間目の授業があと三分ほどで終わる頃、私はゴリのクラスにいた。授業前から忍び込み、ずーとゴリの二つ後ろの席に座っていたのである。

「そんなもん、先公にバレるやんけ」と私が言ったとき、アキラは自信満々の顔で、

「いけるいける、あの先公は一時間ずーと一人でしゃべるだけや」と言っていた。

たしかにそのとおりで、その先生はただ教科書を見ながら独り言のようにブツブツと言うだけであった。

その間ゴリは大きな声で「ファー」とあくびをしたり、下敷きでペコペコと扇ぎながら煙草を吸ったりと、自分の計画が失敗したことを誰からも知らされていないのか、ノンキというかバカというか、自分があと三分後にえらい目にあうことも知らずにのほほんと授業を受けていた。

やがて授業終了のチャイムが鳴り出し、ゴリは立ち上がろうとした。そのときにはすでに私はゴリの真後ろまで来ていて、アキラに頼まれたとおり後ろからゴリの首にスルリとベルトを巻きつけ、力いっぱい後ろへ引っ張った。立ち上がりかけたゴリは「グググ」とうめき声を出しながら、天井に顔を向けた状態で自分のイスに座る格好となった。

そのとき、何ごともなかったように出ていく先生と入れ違いに、アキラが教室に入

ってきた。

手にはバットを持っていて、他の者には目もくれず一直線にゴリの前まで来ると、

「チェストオオオ」

と、天井を向いたゴリの顔を真上から打ちすえた。バットはゴリの大きく開いた口に当たり、「ギシャ」と歯の折れるような、アゴの割れるような音がして、ゴリの体が急に重くなったように全体重がベルトにかかった。

私がベルトを離すと、ゴリはその場にゆっくりと倒れ、小さな声で「ウウウ」とうめいた。

アキラは倒れているゴリの腹をもう一度バットで殴り、いつものように、「九州男児は強いんじゃ」と言って、私にウインクをして教室から出ていった。

ゴリの他にもアキラが狙った奴はもう二人ほどいて、他の教室でもベルトで首をくくられアキラが来るのを待っているのである。

アキラにより、ゴリ連合軍は二時間目が始まる頃には壊滅状態になってしまった。

「アキラもやるときはやるのお」と言う声や、

「俺思うんやけど、あんな奴がヤクザになるタイプやと思うんや」とかみんなは口々に言っていた。ゴリたちは先生の車で病院へ行き、アキラは職員室に連れていかれた

ままなかなか帰ってこず、昼頃先生の車でどこかへ出ていったまま二度と学校に戻ってくることはなかった。

アキラがいなくなった私たちは、それまでと別に変わったことはなかった。困ったことといえば、私たちアキラ事件のベルト組が一週間ほど停学を受け、私はもう一度何かをしでかすと即退学になってしまうということと、歯が二本ほどなくなったゴリが、またもや別のグループと怪しい行動を起こしているらしいことであった。

「おいゴリ、笑ろてるうちにやめとかな、しまいに殺してしまうど」と私が、最近なんだか憎めんなあと思いはじめたゴリに言うと、

「エエ、なにもしてないよ。俺なにもしてないよ」とゴリは言うのだが、どうも私たちのいないところに行くと、

「おい、ええ計画があるんや」などと言っては他のグループに言い寄っているらしいのである。しかし、誰かが、

「今日昼からアキラが遊びに来るらしいぞ」と言ったりすると早退したりしているので、ゴリの計画はなかなか進まないようである。

内部に敵がいなくなった私たちは、全てのエネルギーを外部の高校へ向けるように

なった。

全てのエネルギーを勉強に向ければいいのだが、誰一人そんなことを言い出す奴がいなかったのでしかたがない。

私たちは次々と他の高校へケンカをふっかけ、そのたびに勝利をおさめ、次第に足を伸ばして、電車でかなり遠くの高校まで行くようになっていた。そしてできるだけラクをして勝つために、最初の頃の素手とは違って各自武器を用意して行くようになっていた。

そして、ここはけっこう強敵だぞと思える高校へ行ったとき、私たちはその強敵高校の一年二年三年選抜チームに取り囲まれる大ピンチにあってしまった。

「くおらーオンドレラー、どこのガキどもじゃい、こらー」と選抜チームの一人が、角棒に釘をこれでもかというぐらい打ちつけたものを振りまわしながら言った。

「なんやと、おんど……」とキヨの友人のハマダが言いかけたところで、キヨが必死になってハマダの口を押さえた。

このハマダという奴は、アキラと同じようにとにかく短気な男であり、違うところといえばハマダの場合は強いのである。一人でも強いのである。

しかし今回の場合のように、相手側が二十人以上で、しかも全員がやる気満々であり、そのうえ強敵であり、もうひとつ私たちが囲まれてしまっている場合は、強い短気男はなるべく後ろの方でじっとしていた方が全員のためなのである。

「おまえら何年や」家に帰れば二人ぐらい子供がいそうな、大人びた顔の奴が言った。

「一年ですう」と私は、ピカピカの一年生のようなあどけない笑顔で言った。ソリコミを入れ、ほとんど眉毛もなく、歯が欠けた男が、頭にチキンラーメンのような髪をのせてニコニコ笑ってもかわいくもなんともないだろうが、ここは笑顔で相手に少しでも油断させるしかなかった。

キヨはすでに、取り囲んでいる相手の中のいちばん弱そうなところを、目でキョロキョロ探しており、私に「左うしろ」と小声でささやいていた。

「何をコソコソ言うてんじゃ、一年坊主」と今度は私の肩ぐらいしか身長のない男が、私の胸を木刀でつつきながら言った。

「やかましいわい、ドチビが」という言葉を私はゴクンと飲み込んで、

「いいえ別に」と言った。

私の後方ではハマダの「ウー」といううなり声が聞こえ、小声で「大将のクビ取ったら勝ちじゃ」と繰り返す声も聞こえている。

たしかに、この選抜チームの大将らしき、先ほどの大人顔の男は私の目の前にいたが、そいつをボッコボコにしばきたおす前に、その周りの奴らが一斉に来る感じがヒシヒシとしていた。

「おまえら、まとめてかかってこい」と言えば本当にまとめてかかってきそうだし、「刺せるもんなら刺してみい」と言えばズブリと刺してきそうな奴ばかりである。

それに何といっても、その日私は学生服ではなく買ったばかりのハイネックシャツとカーディガンがセットになった、ニットアンサンブルを着ていたのである。

できることならこの服を汚したくはなく、ましてや破れるなど言語道断である。

「で、おまえら何しに来てん」と大人顔の男が言った。

「はあ、一年に友達がおるから、遊びに」と私が言うと、大人顔は少し笑いつつ、

「ほう、バット持ってか」と言った。

うしろでキヨがバットをカランと下に置く音が聞こえた。

「うちの一年もなめられたもんやのお」と大人顔は独り言のようにつぶやくと、

「おーい」と後ろの方に向かって声をかけた。少し人の群れが開くと、そこから七人ぐらいの、選抜チーム一年の部が現れた。その中から、えらく太っていて肩の上にそのまま顔が載っているような、首の見えない男が私に近寄り、

「なめてんかい、ニーチャン」と私のカーディガンを思いきり引っ張った。

ブチッブチッとボタンが飛んでそいつの足下に転がった。しばらくそのボタンを見つめていた私はゆっくり顔を上げながら、

「やかましいわい、ブタ」と言った。そして私のカーディガンをつかんだまま大声で何かを言っているそいつの後ろで、ヘラヘラ笑いながら私をにらんでいる男の顔が目に入ったとき、私の頭の中のスイッチは「ニコニコバイバイ」から「イケイケドンドン」に切り替わった。

そこには、どんなことがあっても忘れることのできない、あいも変わらず眉毛のない定の姿があった。ここで会ったが百年目である。江戸の仇は長崎で、中学の仇は高校で、である。

定は私をつかんでいるデブチンの後ろで両手をポケットに入れて立っていた。

「なんな、まだ一人でよう歩かんのかい」と私は定に向かって言った。私の後ろではキヨがバットを拾い上げ、

「あーあ、フクロやのお」と言いながらも、すでに覚悟は決めたようだった。

「おのりゃー」と真っ先に飛びかかったのはハマダであった。ハマダは私が目の前のデブチンのアゴに一発入れると同時に大人顔に飛びかかり、ガッシリと首をつかみ、

締め上げだした。相手は大人数である。勝てる見込みはない。ハマダはそれがよくわかっているらしく、大将に飛びついたのである。大人顔がオチルまであとはもう、何をされようがどんなことがあろうが離さない。大人顔が首を締め続けるのである。

キヨもバットを振り上げ、大人顔の頭をめがけて走った。どうせフクロダタキにされるのである。こんな場合はせめて相手の大将を道連れにしてやる、というのが私たちのやり方であった。

いつもなら私もその大人顔を狙うのであるが、目の前でうずくまるデブチンの向こうで私の顔を今なおにらみ続けている男、定に向かって走り出していた。

定は両手をポケットから出し、私の顔をめがけて殴りかかってきた。お互い素手である。定の一発目をかわした私は、右足で思いきり奴の急所を蹴り上げた。

その蹴りは自分で予想した以上に見事に定の股間に吸い込まれるように入り、「イギッ」と定は奇声を発し、両ヒザを地面についた。

「よっしゃ、もろた」と私は思い、定の頭をガッシリとつかみ、鼻めがけてヒザ蹴りを入れた。定は「ガハッ」とうめきながら、それまで股間を押さえていた両手を今度は自分の顔に持っていった。

両手の指の間からは鼻血が流れ出していたが、私はかまわず頭をつかんだまま、何回も何回もヒザ蹴りを入れ続けた。

定がうつ伏せになり、その場に倒れたまま全く動かない状態なのを、私も倒れながら見ていた。相手の選抜チームは、いつまでも私たちの一対一のケンカを見ているような甘い奴らではなく、途中から私は六人ぐらいを相手にしなくてはならなくなっていた。しかし私の相手は定だけである。私はフクロダタキにされながらもどうにか定だけは動けなくすることができたのである。

ハマダは血だらけの顔で、大人顔の首を今も離さずに締め上げていた。キヨはバットを取り上げられズタズタにやられていたが、少しでも相手が手を休めると大人顔に飛びついたりしていた。大人顔はすでに青い顔をして目は白目になっていて、五、六人の男がハマダの手をつかみ「もーえやろ、もーはなせ」などと大声で言っていた。学校の方から、かなりの数の先生たちが走ってきていた。やがてパトカーのサイレンの音が近づき、引き離された私たちの前に停まったとき、私の高校生活は終わりを告げた。

Ⅳ

堺駅から出たところにタクシー乗り場があった。タクシーに乗り込むとすぐ母は、「市役所に行ってください」と言った。私は母にだけ聞こえるぐらいの声で、「お母ん、裁判所行く前に、市役所にも行かなあかんか」と聞いた。

「おまえは黙っとき」と母は言い、外の景色を眺めながら「変わったなあ」と何回もつぶやいていた。

私はすでに高校をやめていた。やめるというより、やめさせられたという方が正しいかもしれない。あの日私たちはパトカーに乗せられ、近くの警察署の少年課に連れていかれ、調書をとられた。そして家に帰ったのであるが、学校は黙っているわけがない。「よくやった」などと言ってくれるはずもない。ハマダやキヨたちは停学であったが、私は無期停学になってしまったのである。この無期停学というのは、なかなかのくせ者である。いつ停学がとけるのか、さっぱりわからないのである。

担任の先生の話では、今までのことを考えるとやはりかなりの期間であるらしく、本当に無期であるらしいという。その無期がとけることは全くないだろうという。つまり一生停学になるのである。これはツライ。四十歳ぐらいになって、

「おたく何してまんの」と聞かれて、

「はあ、高校生ですわ」とは言えないであろう。つまり、早く言えば、自主的にやめ

てちょうだいと、学校側は言っているのである。

私はやめることにした。一時は「選挙権を持った高校生」をめざそうかなとも思ったが、やめることにした。学校をやめ、何かやりたいことがあるか、と聞かれても別に何もやりたいことはなかったが、とりあえずはブラブラとやるかなあ、と私は高校生活にピリオドを打ったのである。そしてブラブラ生活を始めて数ヵ月後、「忘れた頃にやってくる」といわれる、家庭裁判所からの呼び出しがあったのである。

私がその後計八回ほど行くことになる裁判所からの呼び出しの、記念すべき第一回目の罪状は「凶器準備集合罪」と「傷害罪」である。

やがて市役所前に着いたタクシーから降りると、母はスタスタと市役所の隣の建物へ向かって歩き出した。その建物の門のところには「地方裁判所」と書かれたプレートがはまっていた。

「なーんや、トナリか」と私が言うと、母は、

「そうや、裁判所に行ってとは言えんわ。かっこわるい」と言って裁判所へ入っていった。

母はこういうところにはけっこう慣れた人である。父の元に嫁に来てからというもの、父の兄弟の面会や裁判などで何度も来ている。

「お父ちゃんの弟らが捕まってなあ、お母ちゃん、何回もここに来たわあ」と言いながら私の顔を見つめ、

「あのなあ、お父ちゃんの弟らのときはな、兄弟多かったから、一人ぐらいおらんようになってもよかった。オバアが『ほり込んで』て言うたら、すぐ少年院でも刑務所でもほり込んでくれたんや。おまえはたとえアホでも一人息子やさかいに簡単にはいかんけど、お母ちゃんが一言、こんなゴクツブシどないでもしてください言うたら、一発や」とヒヒヒと笑った。私は母の肩に手を置き、

「お母さん、お肩もみましょうか」と言うと、

「ほんま、お父ちゃんの悪いところだけ似てきたなあ。まあええとこないけど」と言った。

父は私が高校で無期停学になる少し前私と同じようなことをやり、母にかなり迷惑をかけ、それでも全く反省せず、出てくる日には母に着物を用意させ、着流しで出てくるという映画の見すぎのようなことをして、母に溜息をつかせていた。

やがて母と私は個室に呼ばれ、数人の前でいろいろと訊かれた。私は母に言われたとおりずーと下を向いて「本当はいい子なんだけど……」という感じで返事をし、母はこの子だけが生きがいであるといったことを涙まじりに語った。

そして「今回は様子を見ましょう」となり、二人して裁判所を出ると、裁判所の前のうどん屋でうどんをすって帰った。その後私は何回も裁判所へ行ったが、そのたびにこの母の涙のおかげで無事に済んでいる。そしてその帰りには必ず同じうどん屋に寄っていたので、最後には裁判所よりうどんの方が気になり、「今日はカレーうどんにしようか」などと言っては母にこづかれていたのである。

家庭裁判所が無事終わり、私は元のブラブラ生活に戻っていった。そして類は友を呼ぶというとおり、同じようにブラブラしている小鉄やサイと再会し、その頃から私は全く家に帰らないようになっていった。

久しぶりに会った小鉄は入れ墨を入れていた。小鉄だけではない、サイもガイラも入れていた。

ガイラはその頃組関係に入っていて、入れ墨も本格的であった。両肩から手首まで入っていて、下も足首まであった。まるで絵入りの長袖シャツとパッチを着ているようであった。

それに比べ、サイの入れ墨はワンポイントであった。右の腕に牡丹らしき花の入れ墨があり、左の腕には当時つきあっていた女の名前が彫ってある。名前の下には命とあって、まるで修学旅行先のトイレや学生のたむろする喫茶店の落書きのようであった。それにガイラのはカラー作品で色鮮やかなのに、サイのは色つきでなく、どう見てもその牡丹は私にはカリフラワーにしか見えない。

それより問題は小鉄である。小鉄の入れ墨は指輪である。自分の指の周囲に指輪のように彫ったものだが、彼の場合自分でやったらしく、その線は曲がったりしている。その上太くなったり細くなったりしているため、まるで指にキリトリ線が引いてあるように見えるのである。

さらにもっとするどいことに、小鉄は自分の太腿に入れ墨を入れようと挑戦したらしいのだが、途中で痛くなったのかバカらしくなったのか「L」という字だけで終わっていた。私が、

「おい、これはLPガスで彫ろうとしたんか、PL学園ガンバレて彫ろうとしたんか」と聞いたりすると小鉄は「やかましい」と言うばかりで教えてくれなかった。ウワサでは花札を彫ろうとしたが、途中で線が曲がったのでやめたらしい。

小鉄は自分にやるのは下手であるが、他人に彫ってやるのはまかせとけ、と自信満々であり、私の腕に彫りたがった。あんまり毎日言うので私も小鉄に彫らせてやろうとしたことがあったが、「よし不死鳥を彫ってやる」と言って私の腕に描いた下描きが、どう見てもニワトリにしか見えなかったので断った。

家に帰らなくなった私は、毎日小鉄やサイと行動していた。朝からパチンコ屋に行き、昼には近くの競輪場にいた。そして夜になると小鉄がその辺でかっぱらってきた車に乗り、あっちこっちでケンカをし、疲れるとガイラが借りていたアパートに行って眠るだけである。

そんな生活をしているとお金がいくらあっても足りないように思えるが、朝のパチンコと昼の競輪で何とかなっていたのである。何とかならないときは、駅前にいるなまいきそうなのを捕まえ、二、三発殴ってメシ代を借りたりしていた。

いつも、一日の始まりはまずパチンコでスタートであった。パチンコといっても、今のように一発うまくそろえれば連チャンまた連チャンというものはまだない。運よりも自分の腕がものをいう時代である。となるとまず釘を見る目が必要となってくる。サイも小鉄も釘を見る目はするどいものを持っていて、そのうえガマン強い。パチンコをやるとき、このガマン強さというのは、勝つうえでかなりの重要度を占めるのであるが、私にはこのいちばん大事なものが欠けていた。少し減り、また少し増え、また減り、また増え、とガマン強く打ってトータルで勝ちをおさめるということができない。ダメならダメ、勝つなら勝つとはっきりしないとイライラするのである。

であるから、パチンコをやりはじめて少し時間がたつと、サイや小鉄と私との差は明らかになる。サイや小鉄は玉で一杯の箱を足元に置いているのに、私は一人でパチンコ台をケッとばしているか、「こーんなとこ、二度と来るかい」と大声を出しているのである。

しかし、毎日負けていては生活にひびいてくる。ブラブラしていても腹はへるから、キチンと食事をとらなければならないし、タバコやシンナーなどの諸経費も必要である。そう毎日なまいきそうな奴が駅前にいるとも限らないのである。

小さい頃から、どんなことをしてでも勝てばいいのだということをモットーにしている私は、ガイラににじり寄っていった。

ガイラは当時れっきとした暴力団員であった。私たちのような街のチンピラとは違い、キチンと仕事ももっている。全身に入れ墨を入れ、小指もなく、もうその道一筋である。何より彼の仕事のひとつに、パチンコ店の用心棒が入っていた。そして彼の昔からの性格、おだてに乗りやすいのも変わっていなかったのである。

「いよーガイラ、久しぶり」と私は彼のアパートに入っていった。

「久しぶりでおまえ、今朝までここで寝てたやんけ」とガイラはボーとした顔で言った。まだ職業用のコワイ顔にはなっていないのである。

「しっかしあれやのお、いろいろと入れ墨も見たけど、ガイラのがいちばんキレイのお」と私は心にもないことを言った。ガイラは自分の入れ墨がほめられるといちばん調子に乗るのである。彼はすでに口元が少しゆるみだしている。

「まあのお、これだけのもんやろ思ても、金がかかるしのお」とガイラは言いながら、先の方がない小指を自分の鼻につっ込み、ホジホジとハナクソをほじる真似をし、スポッと抜くと同時に「あっしもた、指の先っちょ、鼻の中に忘れてきた」と、いちばんお気に入りのギャグをやった。ふだんなら「アホかおまえ」と知らん顔をするのだが、このギャグが出るときは気分がすこぶる良いときなのだとわかっている私は、ひきつりながらも笑ってやり、

「いやいや、金だけやない。それだけのもんやろ思たらかなりの痛さにガマンせなできん。やっぱり男意気ていうやつやのお」と続けた。もうその頃にはガイラは口元も目元もゆるみ、体全体をゆるめて、

「何か知らんけど、おまえは俺の弟のような気がする」などと、おまえみたいな兄はいらんわいと言いたくなりそうなことまで言い出した。もう少しである。

「そやけど、やっぱり色が白い奴はええわ。ガイラは色が白いから、よけいにキレイや」と私がトドメをさすと、ガイラは、

「何かあったらいつでも言うてこい、困ったことがあったら俺が何とかしたる」とついに言ったのである。

次の日から私は、ガイラがパチンコ店に顔を出すときは必ずついていった。以前から、その店にガイラたちが来ると必ず店の人によく出る台に案内されるのを見ていた私は、努力しないでも勝つ方法をそこに見つけていたのであった。もともとガイラはパチンコの人ではなく、競艇の人なのである。そんな奴でも勝てるのであれば、この方法をほっておく手はないのである。

店の人が、私をガイラの関係者と思うようになってからは、サイや小鉄との立場は見事に逆転した。奴らのように、走って台を必死に探さなくても、店の人が教えてくれるのである。それに台を叩いたりしても、今までのように「兄ちゃん、ええかげんにしいや」とは言われないで、反対に「えらいすんません、こっちの台でやってみてください」と言う。それどころか、朝店に行くとすでに玉まで用意されているのである。恐るべしガイラである。

しかし何といってもパチンコである。勝つといってもしれている。一日分のこづかいは勝っても、それ以上は無理である。今のように一日で十万や二十万にはならないのである。となると、やはり競馬であり、競輪である。幸いなことに両方とも私たちの地元にあり、どちらも歩いていける距離にあった。

パチンコに勝った分をそのまま競輪、競馬につっ込む生活が続いていた頃、サイが突然「やはり競艇である」と大声で言い出した。

サイは一度ガイラに連れていってもらってから競艇に凝りだし、私たちと競輪に行かずに競艇へ行くようになっていた。

もともと、競輪も競馬も毎日やっているものではない。どうしても何もない日がある。そんな日はただボーとしているのも面白くない。それでは一発やってみるかと、私も小鉄も競艇に行ってみることになった。

競艇場があるのは住之江である。そこへは電車で行くのであるが、かなり遠回りになる。いちばん便利なのは車だが私たちには車がない。当然免許なんてものには年齢も足りない。しかしそんなことは何とかなるもので、お巡りさんに捕まらなければいいのである。

その日私たちは小鉄のバイクに三人乗りで住之江まで行く気でいたが、ガイラが俺もと言い出したのでバイクはやめることになった。別に四人乗っても行けることは行けるが、必ずいちばん後ろの奴がコロンと落ちるのでやめることにしたのだ。

そうなると車であるが、まだ明るいうちから車を盗むのはツライという小鉄の意見もあり、私の親戚がやっている土建屋の車庫にダンプカーが一台あるのを黙って借りることにして、その車庫まではバイクの四人乗りで行った。途中バイクが曲がるたびに、いちばん後ろでケツを半分しか乗せていないサイが「待ってくれー」と追いすがり、どうにか車庫まで着いた。

車庫にはダンプカーが一台停まっていて、思ったとおりキーはついたままだった。しかし助手席や仮眠場所は工具や木材などで一杯で、どうにか二人は乗れるが他の二名は荷台に乗るしかなかった。

「俺の親戚のダンプやから、俺が運転」と私は早くも宣言し、運転席に乗り込んだ。他の三人はジャイケンで助手席の座を取り合い、結局ガイラが勝って助手席に乗り込んできた。小鉄とサイは後ろに回って荷台に乗った。

「おい、おまえこんなでかいの運転したことあるんか」とガイラは聞いてきた。

「ない」と私はきっぱり答えた。

普通の乗用車なら私は中学の頃から運転したことはあるが、大型のダンプカーなど運転したことはなかった。しかし、車体がでかいだけで同じだろうと思い、軽い気持ちで運転席に乗ったのである。たしかにややこしいボタンやレバーはあるが、基本的には同じようなものであったし、ペダルなんかは大きくて反対に運転しやすそうであった。

「ほな行くどー」と私は荷台の方に声をかけ、勢いよくダンプカーを発車させた。しかしいざ運転してみるとなかなかコワイもので、車幅などは全く違うのである。

さっそく車庫から出口で当たりそうになり、乗用車と同じようにブレーキを踏むと、さすが大型である。プシュと急に停まった。後ろの荷台で二人が転がる音がして、ゴンゴンと二回ぶつかる音がした。

「くおらー急にとまるなー急にー」と小鉄の声と、サイの「ぐぐ」という意味不明の声もした。

しかし五分ほど乗っているとやがて慣れてきて、ダンプカーは順調に走り出した。

順調に走り出したら、今度は運転席のいろいろなボタンが気になるものである。私は信号で停まったとき、ひとつのボタンのようなものを引いてみた。すると何やらガラガラと音がするようになり、クラッチを踏むとその音はしなくなった。私がクラッチを踏んでいるとき、ガイラが二本のレバーを見て、

「やっぱりでかい車はサイドブレーキも二本ついてるんか」と言った。私は、

「サイドはこっちにあるぞ」と言った。

「ほな、これなにや」とガイラが聞くので、

「さあ」と私は答え、その二本のレバーを引いてみたが、別に何も変わったことは起きなかった。そして私が何気なくクラッチから足を離すと、ウイイイとどこかで音がしはじめ、やがて後ろの荷台から、

「コラーやめんかい」と声がした。後ろを見ると荷台がクイズ番組の滑り台のように上がっていた。

荷台を上げる方法がわかった私とガイラは、住之江競艇場に着くまで、信号で停まるたびに後ろの二人にクイズを出し、正解しても間違っても「ブー」と言って荷台を持ち上げたりしていた。

住之江競艇場に着くと、私たちはダンプカーを道に停め、さっそく中に入った。そこで初めて私は競艇用のモーターボートを見るわけであるが、すでに入り口からそのボートの音は聞こえていた。

今でもそうなのだが、私は競艇場の入り口に入るとき、ボートの音を耳にしただけでドキドキとしだす。競馬場や競輪場ではこの興奮はない。人の声などは聞こえても、馬や自転車の音までは聞こえないからである。私は毎回競艇場に行くと、入り口で「グオーン」という音を聞きながらドキドキとし、すでに頭の中では、帰りに持って帰る大金を入れる大きな袋を持ってくるのを忘れた自分を反省したり、ベンツはい

くらだったかなあと考えたり、球団というのは個人では持てないものかなあなどといったタワケタことを考えたりしている。しかしほとんどの場合、帰るときは大きな袋も持たず、道端の缶コーヒーの空き缶をコンとさみしくケッとばすのである。しかしその当時は希望にハナをふくらます、いやムネをふくらます若者である。ましてや生まれて初めての競艇である。そのうえ若いながらも競馬や競輪ではそこそこの成績を残している。

「おい、次のレースはもう本命の鉄板とちゃうか」と小鉄はガイラに言った。私もそう思っていた。どうみても一番の選手と五番の選手の成績が抜群なのである。

「さあ、今日は初日やからのお。それに競艇は前場所の成績なんか考えん方がええぞ」とガイラは言った。私と小鉄はガイラに聞こえないような小声で、

「おい、あいつあんなこと言うてるぞ。前からちょっとアホやとは思てたけど、ちょっところかかなりアホみたいやのお」と言った。

前場所の成績を見ずして、どこを見るというのか、と私と小鉄は思っていた。まして初日である。

「ほんなら、どこ見るねん」と私が言うと、ガイラは少し考え、

「そうやなー。まずエンジンやろ、ほんでボートやのお。その後チルト見て、うーん

まあ何ていうてもコースやのお」と、私にはさっぱりわからないことを言った。

「コースてなんやコースて」と聞くと、

「コースはコースやがな、誰がどのコース取るかに決まってらかい」と言う。

「なにー、誰が何コースから出るか決まってないんか」と私が聞くと、

「決まってないがな、そんなもん。コースどころかスタートするのもヨーイドンでやるんとちがうぞ」と言う。

なんと競艇というのは、誰が何コースかは決まってないのである。早いもの勝ちである。それに横一列に並んで一斉にスタートするのではなく、合図のときに二本のラインの間に入っていればいいのである。前のライン近くから急にスタートしても、ずーと後ろから勢いをつけてきても、文句は言われない。そこは選手のかけひきである。

それにエンジンもボートも全てくじ引きである。いくらベテランや調子のいい選手でも、ガタガタのエンジンやボートになればそう簡単には勝てないのである。早く言えば、アイルトン・セナがカローラに乗り、ご近所のお父さんがF1に乗ってモナコを走ったりするわけである。これは難しくもあり、面白いものでもある。

「むむむむむ」と私はうなり、

「おりょりょりょりょ」と小鉄は言った。

私も小鉄もそのレースは見送り、次のレースに賭けることにした。

「競艇に本命なーーし！」とサイがうるさいぐらい繰り返していたのを思い出しながら、私は今日持ってきているお金を全て賭けることにした。

私が買った舟券はどれが入っても軽く五十倍にはなるものばかりである。

「ヒヒヒ、これが入ったら俺はちょっとの間遊んで暮らせるぞ」と私が言うと、小鉄は、

「今も遊んで暮らしてるやんけ」と言った。

「おまえにだけは言われたないわい」と言ってやった。

小鉄は本命を買っていた。入ったとしても少しにしかならないし、またそれを小鉄は少ししか買っていない。

「おまえなあ、男のクセに本命買うんやったらドコンと買えよ、ドコンと」と私が言うと小鉄は、

「なんとでも言うてい、最後に笑うのは俺や」と言い、さらに、

「そんな、一度に全部使うたら、このアトおまえどうするねん」と言った。

「どうするて、これで勝った分でやるんやんけ。まあ帰りにはタクシーに乗って、ト

ランクの中お金だらけや」と私は、遠い目をして一人うなずいた。

「長生きするわ」と言う小鉄の首を絞めながら「おまえらはオジイの小便みたいにチヨロチョロをちょっとずつやってたらええわい」と言っていると、サイが近づき、

「競艇は本命勝——負！」と言った。

サイも本命である。ガイラも本命である。しかし全員、押さえで何か買っているのであるが、そのことは誰も口に出さない。

レースが始まる直前、私たちはスタンドへ向かった。すでにピットでは選手たちがボートに乗り、合図を待っている。私がいちばんドキドキするときである。入り口でのドキドキとは比べものにならないほどのドキドキである。

「ドキドキドキドキドキドキドキドキドキドキドキドキ」口を開けるとノドのところまで心臓が顔を出しているぐらいである。

やがて合図があり、選手たちは一斉にピットを離れ軽く小回りし、コース取りのかけひきが始まった。大本命の選手はピットから離れるときに大きく出遅れ、コース取りでもうまく自分の行きたいところへ行けないようである。

「あーあのドアホ、外に行ってどないすんねん。そんなもんまくれるかい」と言っている人や、ただ「ボケー」と大声を出している人などがいる。私にはまだ何のことか

わからなかったが、競艇の場合ほとんどスタート時にもう勝負がついているらしい。それほどコース取りは重要なのである。

「あーあ、もうこんなもん3－4、4－3折り返しやんけ」とどこからか声が聞こえた。私はニカッと笑い、耳をレーダーのようにして周りの人の声を聞いた。

「おう、この3－4はつくぞ、でかいぞ」と声がする。私はニカニカッと笑った。

やがてスタートが切られ第一ターンマークを過ぎると、トップは3号艇であり、二番目は4号艇である。その後ろに6号艇が続いている。3号、4号、6号艇は接戦であるが、その後ろは直線でも伸びず、少し遅れている。私はすでに立ち上がっている。

競艇で第一ターンマークを過ぎたところの順位が変わることはほとんどない。九九パーセントはそのままである。よほどのことがない限り残りの一パーセントは起きないのである。私は3－4も4－3も買っている。それにポケットの中には、押さえの3－6折り返しと4－6折り返しも隠してある。

「おー大穴や大穴や、えらいこっちゃー」という声があっちこっちで聞こえている。

「あっごめんね。前を失礼するよ」と私は小鉄の足をケトばし、

「競艇に本命な――し！」とサイに言い、

「いくら長く努力しても、天才にはかなわないんだよ。君」とガイラのアゴをくすぐり、

もう一度小鉄を振り返って、

「小鉄君、君が最後に笑う頃には、ボクは笑いすぎてアゴがはずれてるかもしれない」と言い、同じ側の手と足を一度に出しながら払い戻し窓口へ向かった。

すでに頭の中では、帰りのタクシーのトランクの大きさを心配したり、車を買うのには免許がなくても売ってくれるだろうか、現金だからいけるよなと心配したりと、次々にいろんな考えが浮かんでいた。

あと数歩で窓口に到着というところで、スタンドから大きなドヨメキが起こった。そのとき私の背中に不吉な寒気が走った。

「何や、何や。何が起こったんや」と私は、今ギクシャクと歩いてきたところをあわてて戻った。

スタンドに着き、目の前の水面を見ると、ついさっきまでブオーンと元気よく走っていた3号艇が、プカリプカリとおなかを上にして浮かんでいるではないか。

「あれまー、3号艇、転覆してしまいましたねー。いやー残念、残念」

サイとガイラと小鉄は見事なハーモニーでそう言ってくるりと振り返り、私を見て

ニッと笑った。私はその笑顔を見ながらポケットから4－6折り返し舟券を取り出し、

「いやー、残念だなあ。押さえの方が来てしまいましたよお」と笑い返してやった。

彼らの笑顔は消え、くるりと前を向いて、

「ほんまに、かわいげのない奴や」

「一人だけこそっと押さえを買うてるて、きたない奴や」

などとバカ三人組の負け惜しみが始まった頃、場内にひびきわたるような音で、

「4号艇、しっか――く」とアナウンスが流れた。

「なっなっなっなにー」と私も負けないぐらいの声を出した。何ということであろうか、3号艇の転覆は4号艇の反則によるものであり、4号艇も失格、アウトである。

「何じゃい、結局は本命で丸くおさまるんかい」などという声がスタンドのあちこちで聞こえている。しかし私は丸くおさまらないではないか。3号艇も4号艇も失格になってしまっては、どうしようもない。タクシーのトランクの大きさまで心配していた私が、今度は明日からの生活を心配しなくてはならなくなった。

三人組はまたもやクルリと振り返り、その笑顔は顔面がつぶれそうになるくらいである。

「あのー、いつになったら笑いすぎてアゴがはずれるんですかあ」と小鉄が言った。

「そうそう、先にボクのアゴがはずれるかもしれなーい」とガイラも言った。

「競艇は本命勝──負！」とサイは宣言する。

スタンドに立ちつくす私の肩をポンポンと叩きながら小鉄は、

「ボクたちはタクシーで帰るから、君は一人でダンプに乗って泣きながら帰りなさい」と言った。ガイラもサイも満面の笑顔で、

「いやー最高だね君は。笑わせてもらったよ」と私の肩を叩きながら、払い戻し窓口の方に向かっていった。

「勝負師の肩をさわるなー」と私は大声を出したが、その声はただむなしくスタンドにひびくだけであった。

初めての競艇が全くひどい結果になってしまった私は、もう二度と競艇場に行くことはなかった、ということは全くなく、

「おのれー、今に見ておれ」と競艇場へもちょくちょく通いだしたりしていた。

夜はガイラのアパートに泊まり、朝はパチンコ、昼は競馬場か競輪場か競艇場をウロウロするという、「一生遊んで暮らしたい」という私が目標とする生活に近いもの

であった。しかしその夜の部がくずれだしてしまったのである。

「俺、女と暮らすことになったから、おまえらすまんけど出ていってくれるか」とガイラが突然言い出したのである。

「そんなもんおまえ、急に言われても出ていけるかい。第一おまえは、男の友情と女とどっちの方が大事や」と聞いても、

「女」と一言で片づけるほどであるから、ガイラは本気のようである。

その日から少しずつガイラと暮らす女性のものらしい荷物が運び込まれ、一週間もすると新婚家庭のようになっていった。そして最後にその女性もやってきたのだ。

「おいガイラ、おまえ女と暮らすて言うてたけど、どこに女がおるねん」とサイが言った。

「まさか、これと違うやろなあ」と小鉄も言った。ガイラの彼女は黙ったままサイと小鉄をにらみつけていた。

ガイラの彼女は、髪型をテレビの「前略おふくろ様」に出てくる「うみちゃん」役の桃井かおりのようにしていて、どことなく話し方まで同じようだった。しかし似ているのは髪型と話し方だけであり、髪型の下についている本体の方は、月とスッポンどころか太陽とミドリガメぐらいの差があった。

「ちょっと聞くけど、その目と口の間にあるのん、ハナかアナか、どっちゃ」とサイはさらにひどいことを言い出した。

「こら、失礼なことを聞いてやるな。アナにきまってるやんけ。こんなひくいハナがあるかい」と小鉄も言い出した。

ガイラの彼女はプルプルとふるえだし、今にも二人に飛びかからんといった感じである。かなり気の強い女性らしい。

サイも小鉄も、ガイラのアパートを出て次に行くところを決めてあるので、強気の発言ができるのだが、私はまだ決まらずズルズルとガイラのアパートにいた。

「おまえも来いよ」とサイも小鉄も誘ってくれていたが、サイが行くらしき神戸にあるかなり有名な暴力団には行きたくもなかったし、小鉄のようにレストランで住み込みで働く気にもなれなかった。私はただブラブラとし、たまにガイラの手伝いでノミ屋関係のことをしているだけで、十分毎日が愉しかったのである。

「あのー桃井かおりに似てるて、言われたことありませんか」と私は彼女に言った。

「え」と彼女は口元に手を当て、先ほどの「おのれら、いてもうたろか」といった感じの顔とは反対に、少しはにかむようなやさしい顔を私に向けた。

「え――」とサイが言い、

「え──」と小鉄も言い、

「え──」とガイラまで言った。

「なんか横顔なんか、ソックリやけどなあ」と私は言い、彼女を見た。

彼女は恥ずかしそうにガイラの服を引っ張りながらも、みんなにしっかりと横顔が見えるように座りなおした。

「横顔でおまえ、この髪型やったら顔が見れへんがな」という小鉄の後頭部をひっぱたきながら、私はさらに続けた。

「俺、今まだ行くとこないし、もうちょっとこのアパートに置いてくれへんかなあ。それにガイラがいつも言うてる、うまい料理も食べてみたいし」と言うと、彼女はうんうんとうなずきながらガイラの顔を見つめた。ガイラが、

「俺はこいつのこと弟みたいに思てるから」と言うと、彼女はやさしく私に、

「好きなだけおってかめへんよ」と言った。

そして立ち上がると「この子の部屋つくったらんとあかんなあ」と入り口の横の小さな部屋の方を見つめていたが、やがて振り返ると小鉄とサイをにらみ、

「あんたら、まだおったん」と言った。「うるさいわい、明日になったら出ていくわいハナベチャ」と小鉄とサイは口を尖らせて言った。

「あっそう、なるべく早よ出ていってね、部屋がよごれるから」と彼女は言い、フンとして掃除を始めた。

あくる日になると、小鉄もサイも「また遊びに来るわ」とガイラに言って、「二度と来るな」という彼女の声を背に聞きながら出ていってしまった。

私はというと、それまで同様にガイラのアパートで寝起きし、ブラブラと生活していた。

ただ変わったことといえば、食生活であった。ガイラの彼女は本当に料理がうまく、何を食べても「うまい」と言う私には、その料理は「うまい、うまい」ものであり、ましてその料理は無料なのである。彼女も、

「何かホンマの弟みたいに思てきたわ」と言い出し、三人の生活は楽しかった。

ガイラの仕事の方もいい調子で進み、私もそれを手伝うようになっていった。

ガイラの仕事というのはノミ屋であった。アパートの近くにもう一部屋借りたガイラは、そこに電話をひき、私はほとんど毎日そこで過ごすようになっていた。

その部屋にはガイラの関係者が毎日ゴロゴロとし、私はそこで電話を取って、

「はいはい毎度、はい3－5十本、はい5－6、6－5二十本」などと聞くだけである。

私が聞いてメモしたものをガイラたちが見て、「おう、これきっついのお」などと言っているのを見ているのであった。そこに電話をしてくる人は、ほとんど近所の商店主や大きな工場の工場長たちであった。

私は毎週水曜日になるとその人たちのところを集金にまわったりしていた。それだけのことでかなりのこづかいが貰え、集金の日にはマーキュリークーガーやカマロといった、ばかでかい外車にも乗れて、私にとっては最高の日々であった。それに、たまに近所のお寺で行なわれる大がかりなバクチのときには、入り口の靴を並べたりヤバイ連中（警察関係の人のことですね、どっちがヤバイ連中だか）が来ないか近所で見張ったりするだけでビックリするほどのこづかいが貰えた。

「どやニーチャン、おまえもウチに来るか」と、ラッシャー木村のようないかつい人が私に会うたびに言うようになり、ガイラも「おう入れよ、オヤジに言うてサカズキもろたるわい」と言い出し、私もウームそれもいいかもしれんなあと思いはじめた頃、その日は突然やってきたのである。

私はその日、久しぶりにやってきたサイと駅前の喫茶店で話し込んでいた。

「あのハナベチャ、まだおるんか」と言うサイに、

「おお、近いうちに籍も入れるらしいぞ」と、二人が近く正式に夫婦となることを告

げた。

「ほう、そやけど子供は作るな言うとけよ。あの二人の子や、子供がかわいそうや」

「女の子がほしいらしいわ」

「アホ言え、それほど不幸なことあるかい」などとバカなことを話した後、ノミ屋用のアパートへ二人で向かった。そろそろガイラも顔を出す時間である。

アパートの前まで来ると、いつもなら閉めたままのドアが大きく開き、中から大声が聞こえる。前の道にも見たことのない車が停まり、なかにはエンジンをかけたままの車もあった。

「アカン、これ本署の車や」とサイが言った。

私たち二人はそのままアパートの前を通り過ぎ、少し離れたところから開いたままのドアを見ていた。やがて中から、大勢の男に囲まれるようにしてガイラといつもその部屋にやってくる人たちが出てきた。手錠をはめられ、腰にロープをつけられている。

ガイラは私たちに気づくと、軽くウインクをして車に乗り込んでいった。他の人たちも、私の顔を見ると軽く合図をしながらも、知らぬ顔をして乗せられていった。私とサイは、彼らを乗せた車が完全に見えなくなると、彼女に知らせるためにガイラの

アパートへ走った。途中、サイが、
「かわいそうにの、籍入れられへんようになってしもたのお」とポツリと言った。
結局ガイラはそのまま少年院送りになってしまった。前にも一度鑑別所に行ってい
るし、今回はガイラのアパートから拳銃が出てきたりしているので、長期間になりそ
うであった。
ガイラの彼女はアパートを引き払い、実家に帰ってしまっていた。その実家を訪ね
ると、
「まあ、こんなこともあるやろて覚悟はできてたから、待ってみるわ」と彼女はさみ
しげに言った。
「何かあったら、いつでも言うてこいよ」とサイは、雨でも降るのではないかと思う
ほどやさしく彼女に言うのだった。
ガイラは少年院に行き、彼女も実家に帰ってしまい、私は寝るところがなくなって
しまった。
そこで私も家に帰り、仕事にでも就けば大変いい若者なのであるが、私には少しも
家に帰る気持ちはなかった。
「さあて、これからどうしたもんやろのお」と私が言うと、サイは待ってましたとば

かり「どや、俺とこに来るか」と言ってきた。

サイは今や、完全なる暴力団員になっている。それもガイラとは違い神戸にあるかなり大手のところである。

「やっぱりヤクザは神戸や」と言い、まるでアイドル歌手に憧れた女の子が東京へ出ていくように、彼も神戸へ出ていったクチである。そして彼はその大手組織の主力団体の末端に籍を置いているのである。彼はガイラが捕まる少し前に地元に帰ってきていて、

「週に二回ほど顔を出したらええんや」と自分の家に戻っているのである。

「なあ、俺とこ来いよ。俺から言うてオヤジにサカズキもろたるさかい」とガイラと同じようなことを言った。サイもガイラと同じく全身に入れ墨を入れていた。

「どうやあ、きっれいやろ」とサイは上半身の部分を私に見せた。そこには以前のような小さなカリフラワーなどではなく、大きな龍の入れ墨があった。しかし悲しいことにまだ色が入ってなく、スジボリという線画だけであった。

「なんやこれ、アサガオのツルか」と私が聞くと、

「あ、あほか。龍やんけリュウ、昇り龍や」とサイは自分の背中をペシペシと叩きながら言った。

「俺もおまえのとこ入ったら、そんなん入れらなアカンか」と聞くと、

「おう、入れらなアカンぞ。金は出してくれるからな」と言う。

「全身麻酔はちゃんとしてくれるんか」と聞くと、サイは私の顔を見つめ、

「どこの世界に麻酔してスミ入れる奴がおるんじゃい」と言った。

「そやけど痛いわかい」と言うと、

「それをガマンしてこそ男やんけ。ヤクザやんけ」と胸を張って言った。

「目上の人の言うこと何でも聞かなアカンやろ」

「そや、白いもんでもオヤジが黒い言うたら黒いんや」

「そらえらいこっちゃ。五目並べやっても絶対勝てへんのお」

「そういう意味とちゃうわい」とサイは言う。

「まあ考えとくわ」と私はサイに言い、サイも「いつでも来いよ」と言い、それ以上は勧めなかった。

結局、私はサイの家に居候をきめ込み、寝るところはどうにか確保した。残る問題は生活費である。遊ぶ金はどうしても必要である。でないと競輪にも競艇にも行けない。

私はこの頃からけっこうヤバイことをやりだしてしまうのである。今考えると、よ

くもまああんなことしたもんだと言えるぐらいのことをしてしまう。家に帰っておとなしくしてればいいのかもしれないが、家に帰っても飲んだくれの父と、それにじっと耐えている母がいるだけである。その頃はそんなのを見るのもイヤだし、親と口を利くのもイヤな時期だった。まあ早く言えば私がアンポンタンなだけであり、毎日が面白けりゃそれでよかったのである。

V

「おい、おまえどうせヒマやろ、ちょっとした金儲け手伝わんか」

サイがある日、毎日ボーと暮らしている私に言った。私といえばサイの家で寝起きをし、朝からパチンコに行ったりして、金がなくなれば駅の近所の「コドールスポーツ」で、店の前に置いてある自動販売機の、上から五十センチ、左から三十センチのところをケッとばし、ジャラジャラと出てくる小銭で遊んでいた。その機械は、他どの場所を蹴ろうがくすぐろうが何も出てこないのだが、急所を思いきりケッとばせば、パチンコに行くぐらいの小銭は出してくれるのだ。私はその自動販売機の急所にマジックで「×」を書き、三日に一度ぐらいの割合で集金に行っていた。

「おう、何かええハナシあるか。長い間競輪も競艇も行ってないからのお、何でもするで」

サイは私の顔を見つめ、目の前までにじり寄ってくるとニカッと笑った。

「もう鉄板や鉄板、これほどカッタイ儲けはないわい」

私は、サイがにじり寄った分だけ、同じように後ろへにじり下がりながら言った。

「あかん、おまえの鉄板ほどアテにならんもんはない、あかんあかん」

「アホ言え、これほどボロい金儲けはないど。競輪も競艇も自分から行かんでも、家の庭でできるぐらいの家が買えるど」

そう言いながらサイはまたもや私に向かってにじり寄り、私はサイの家の壁際まで追い込まれ、もうそれ以上はにじり下がれないというところまで追いつめられていた。

「ほ、ほんで何をするんじゃい、俺人殺しなんかイヤやぞ、庭付きの家ぐらいで」

この男の固い固い鉄板がアテにならないのは、その辺を歩いている子供でも知っている。こいつの鉄板はオブラートより柔らかいのである。

「リースやリース、ゲーム機のリースや」

その当時、あっちこっちのヤバそうな喫茶店の奥なんかに行くと必ずあった、百円玉を入れてやる「トバク機」のことをサイは言い出した。

このゲーム機を置くと、もう真面目にコーヒーなんていれていられなくなるほど儲かる。今までの半年分の売り上げが、うまくすれば一週間で入ってくるのである。だからヤバい喫茶店や、やぶれかぶれの喫茶店はその機械を置く。しかしその分リスクは大きい。そんなラクをしてお金を儲けるなんて、警察は許してくれないのである。

「そんな機械がどこにあるねん。リースしたてもその貸す物がないやんけ」

私はサイに向かいこのバカタレが、とツバを飛ばして言った。どうもこの男の頭の中では、行き当たりばったりのことを鉄板と考えるらしい。

「なかったら盗ってきたらええねん。あるトコから持ってこんかいや」

私はこの男のドタマをかち割って、中身を全部取り出して一度クリーニングに出してやろうかと思った。のんきにポリポリと尻を掻きながら、その指を私の鼻の穴につっ込もうとスキを狙ってるこの男の頭の中を見てみたいと思った。

「そんなことしたらどないなるねん、おまえはアホか。相手はプロやぞプロ、俺らみたいなチンピラに毛の生えたのんとちゃうぞ」

当然そんなやばい機械をやばい喫茶店に置いている人々はやばい連中である。下手をすれば命まで危うくなってくる。「ゴメンね」と言っても決して「まあいいや」とは寝言ででも言わない人々である。

「アホかほんまにい、おまえの肩の上にのってんのは何や、ザボンかいスイカかい、頭やったらもうちょっと考えて物言わんかい」

お前の寝言につきあっていたらロクなことはないとわめく私の目を見つめ、サイは少し笑いながら言った。

「オイオイ、何言うてんねん、俺はプロのヤクザやで」

私はその日、軽トラックのエンジンをかけたまま、サイが出てくるのを待った。やがてサイは大きなアクビをしながら現れた。

「おーいサイ、毛布や毛布、毛布毛布毛布、毛布わすれてないかー」

大きな声を出す私に「やかましい」と言いながらサイは階段を下り、手に持っていた古い毛布を軽トラックの荷台に投げ込んだ。

「やかましいやっちゃのお前は。毛布毛布毛布毛布て、毛布の一枚や二枚がどやっちゅーねん」

サイは助手席に乗り込み、タバコに火をつけながら言った。

「アホ言え、毛布がなかったら大切な大切なゲーム機にキズがいくやんけ、それにつぶれてしもたらえらいこっちゃ」

私は荷台の毛布を見ながら車を発進させた。タイヤがキキッと鳴り、軽トラはまるでロケットのように飛び出した。

「こらあー、毛布はええから前を見んかい前を！」

サイは私の顔を手でつかみ、前方に向けると「ほんまにけったいなやっちゃ」と言った。

「何がけったいやねん」

私は軽トラを細い路地に入れ、一方通行を逆に走った。その方が早いのである。

「そうやんけ、あれだけ俺の言うこと信用してなかったのに、今日はおまえの方がやる気満々やで」

サイは助手席の窓を開け、一方通行に入ってきた車に「どかんかいボケ!」と言って私の顔を見た。

「そらそうや、あんな簡単なこととは思うてなかったからのお」

私はサイの顔を見ながら笑った。サイもうなずきながら「ほんまやのお」と笑った。

私たち二人はこの一ヵ月ほど、この「ゲーム機かっぱらい作戦」の先駆者というか、パイオニア的存在の人のやり方を、きっちりと目に焼きつけ、かなりの自信をもって今日の初舞台へ臨んでいるのである。

その先駆者とは、サイと同じフランチャイズチェーンの組員であり、ゲーム機を勝手にぶんどってきて、その機械を自分の物としてリースする仕事に関しては右に出る者がいないとされる人なのである。

私たちのように、右に出る者はいなくても左からいくらでも追い越されているのとはワケが違うのである。

やり方など何も知らない私たちに、その先駆者が「こうするんだよお」と優しく教えてくれるワケはない。自分自身の「しのぎ」がかかっているのである。ライバルである私たちをけちらすことはあっても、教えることはない。

盗めばいいのである。やり方からテリトリーにいたるまで盗んじゃえばいいのである。

私たち二人は約一ヵ月、この先駆者の行動範囲を全てチェックし、いざ本番の際のノウハウも全て盗み終わっていた。こんなことに関しては勤勉な二人組なのである。思っていたより簡単であった。まず軽四輪トラックを用意する。これはぶんどったゲーム機を運ぶためでもあるが、イザというときの逃走に威力を発揮する。もともと先駆者が狙うような店である。ロクな店ではない。先駆者たちのようなのが、他の店からかっぱらってきたのをリースで置いていたり、店が買い取っていたりする。そんなところでノロノロしていたらどうなるか。

「くおらー！　ワレらどこのゴンボじゃい！　いてもうたろかー！」

どんな物でも骨ごと食べていそうなお兄ちゃんたちが、多くの車に分乗してすぐやってくることになる。「大阪ガスの者です」なんて言ってもだめなのである。下手をすりゃ次の日の朝には大阪南港かもめ埠頭のゴミと一緒に、プカリプカリと浮いているかもしれないのである。そのための軽トラなのである。軽トラは細い路地を走って逃げられるが、追手の愛車である大型外車はそんな道には入ってこられないのである。

その軽トラを、エンジンをかけたまま店の前に停める。あとは店の中に突入して、とにかく素早くゲーム機を運び出せばいいのである。

「ちょっとおたくら、何しまんねんな」

店の人が何を言おうが、黙って運び出してしまうのである。ただ黙々と運び、店の人がじゃまをすれば、サイなど一部の人が持っている、ヤバい組織の社章である代紋バッチをチラリと見せ、

「おっさん、その手ェ離さんと明日の朝には冷たあになってるで」と言いながら、ギラリとにらむだけでいいのである。ヤバいことをやっている連中にとって、その代紋は水戸黄門の印籠と同じくらいの効果がある。逆らえないのである。かといってまさか一一〇番するわけにもいかない。

「うちのゲームトバクの機械が盗まれそうなんです。たすけてー!」などとは口が裂けても言えない。自分が捕まってしまう。仕方がないので店の人は一一〇番とは違う番号に電話する。蛇の道は蛇、ややこしい連中にはややこしい連中。その電話がつながらないうちに作業を終え、あとは風のように去ってしまうのである。それが先駆者

たちのやり方であった。

「その釜飯屋て、この道をまっすぐでええんやな」

私は軽トラのハンドルを切り、線路沿いの細い道をバックで入っていった。

「そや、突き当たりがそうや」

サイは軽トラの後ろの窓へ顔をひっつけるようにして「オーライオーライ」と言う。

この釜飯屋は、サイが探してきた店であった。昼間はほとんど人の出入りはないが、夕方近くなると、タクシーや普通の車がその狭い路地に停まりだすという。店内はカウンターだけなのだが、カウンターの奥に扉があり、客のほとんどはその扉の奥に消えていくらしい。台数は少ないが、最新型がそろっているらしい。私たちの初舞台にはもってこいの店である。

「そやけど、そんな新型ばっかし置いてる店、あいつらが何で放ったらかしにしてんやろ」

私は先駆者たちのことを考えていた。彼らもかなり以前からその店を狙っていたようだが、途中でやめたらしく最近は顔も見かけなくなったという。

「さあ、めんどくさなったんとちゃうか。台数が少ないから」

サイは自分もめんどくさそうな顔をして車の後ろを見ていたが、「よっしゃ、ここや」と小声で言った。私は軽トラのエンジンをかけたままにし、飛び降りるように外に出ると、荷台の毛布をつかんで店の前に立った。店の前には打ち水がしてあり、入り口には塩が三角に盛ってあった。シャッターが半分開いている。後ろを振り返ると、サイが最大の武器であるバッチを胸につけている。

「ほな、いてまおけ」

私は半分だけ開いたシャッターにもぐり込み、店のドアを押し開けた。店のドアは少し拍子抜けするぐらい軽く開いた。

「あっすんまへんお客さん、まだでんねん。夕方からですわ」

カウンターの中でテレビを見ていた小太りのムーミンのようなオヤジが、ひょいと顔を上げて言った。

「はいはい、ごくろーさん」

私はムーミンなど相手にせず、そのまままっすぐ奥の部屋に向かった。

「こらこら兄ちゃん、そっちに行ったらあかんがな」

ムーミンの声を聞きながら奥の部屋へ入ると、そこにはたしかに最新型のゲーム機が五台置いてあった。私の後ろではサイの大声とムーミンの小声が聞こえていたが、やがてサイの声だけが聞こえるようになった。

「さあ、これで一生遊んで暮らせるぞお」

私は独り言を言いながら機械のコンセントを抜き、上から毛布をかぶせた。

「どや、ええ機械か」

サイが入り口の扉のところに立ち笑っていた。

「おっさん、どないしたんや」

私が聞くと、サイはアゴをひょいと天井に向け「二階に逃げてもうたがな」と言った。

「ほな、早いこと運んでまおけ。電話でもされて、ややこしい奴らでも呼ばれたらナンギや」

私はゲーム機の片方をつかんだ。サイも片方をつかみながら「ややこしいのは俺ら二人だけや」と笑った。私たちは笑いながら次々とゲーム機を運び出し、「ヒダリウチワ、ヒダリウチワ、明日からヒダリウチワ」とうわごとのように繰り返した。

しかし、若いバカタレ二人が汗も流さずに毎日酒池肉林で暮らそうったって、世の中そんなに甘くはない。

私は最後の機械を運ぼうと毛布をかけながら、何気なく壁を見た。そこには何やら私が見てもさっぱりわからない、下手な習字のような文字が、額に入って掛かっていた。

「………」

私はその額を見て声が出なくなってしまった。その額には、サイの組織と同じモンドコロのマークが大きく入り、その横には、サイみたいな奴らをアゴひとつで何百人と動かせそうな人物の名前が書いてあった。習字の額の隣の「大入」と書かれた額にも、その道の有名人の名前がマーク入りで書かれてあった。

「あわわわわわわ」

カニのように口からアブクが出てきそうな私を見てサイは「なにがあわわわわやねん、早よ持たんかい」と叱咤する。

「お、おいサイ、ひょっとして俺らは今、ものすごいことやってんちゃうか」

焦点の合わない目で私が言うと、「おう、やってるで」とサイは明るく答える。

「い、いや。そんな意味と違うて、なんていうかその、スズメバチの巣を真っ裸でけっとばしたていうか」

私が壁を指さして言うと、サイは「何をワケのわからんこと言うてんじゃい」と額の方を振り返った。

「………」

しばらく黙って立ち尽くしていたサイは、手と足を同時に出しながら、ロボットのように店の入り口に向かった。

「まてー！　まってくれー！」

私も同じようにロボット歩行をし、サイの後を追った。先駆者たちがこの店をあきらめた理由が今頃わかった。しかしわかるのが少し遅すぎたようであった。

店の外に数台の車が停まる音がして、大勢の人の足音が聞こえた。私とサイはもはやロボットのように歩いている場合ではないことを感じとった。

「さあ、えらいこっちゃ、どないする」

サイは私の顔を見ずに、入り口をにらみながら言った。

「どないもこないもあるかい。こうなったらやるだけじゃい」

私は耳を澄まし、外の足音を聞いた。かなりの人数のようである。

「そうやの、やるだけやってみるか」

サイはカウンターの前の椅子を手に持ち、私を見ると「お互い自分自身がめいっぱいやから、助けられんぞ」と言った。

「アホ、おまえがやられたらケンカが大きなってしまうわい。お前は逃げい」

私はサイの胸に光る代紋を見つめた。大勢の足音が店の入り口に集まってきていた。

「おまえはどないするんじゃい」

サイが真剣な目で私を見つめる。足音は店の入り口のすぐ前まで来ている。

「ええかサイ、あいつらが入ってきたら、イチニのサンで俺がつっ込むから、おまえはあの勝手口から逃げい」

「そんなことしたらおまえ、殺されるぞ」

「俺はかめへん、おまえだけでも逃げい」

サイは私の顔を見ながら「男じゃあ、おまえは男じゃあ、男の中の男じゃあ」と涙ぐんでいる。

「てれくさいこと言うなボケ」

私が言ったとき、店のドアが荒々しく開き、

「こらあ!! どこのボンクラじゃい!! びしゃいでこましたろかい!!」とゴルフクラブや鉄パイプなどを手にした連中が入ってきた。

「いくぞサイ! イチニの! サン!!」

私は大声を出し、勝手口へ走りかけたサイの足をひっかけ、ひっくりかえった上を乗り越えて「あとは頼んだぞ！」と自分自身が勝手口へ走った。「ウソつきー」とサイの声が後ろで聞こえ「逃がすなー！」と野太い男の声がそれにかぶさった。ところが勝手口のところには、二階へ上がったはずのムーミンが、包丁片手に「逃がしまへんでぇ」と立っていた。

目の前が真っ暗になっていった。

「で、どないなったんなそのアト」

アキラは酒屋の奥を覗きながら私の次の言葉を待った。

「どないもこないもあるかい、あっという間にやられてやな、もうボッコボコにされるわ、引きずりまわされるわ、サイはうそつき言うて怒るわで、めちゃくちゃや」

私とサイはあの後、釜飯屋の店内で集団暴行を受け、その後車に乗せられ山の中で殺されそうになり、海にも沈められそうになりと、この世の地獄のフルコースを味わわせてもらったのである。まさにプロフェッショナルの仕事である。「こんなことだけはされたくないな」と思うことを全部見事にするのである。以心伝心ではなく痛心伝心である。その後、サイの関係者が間に入り、ようやく事なきを得たのだが、私たちの手元には何も残ることはなく、スッカラカンのくたびれもうけに終わってしまったのである。

そのうえサイは、女の子がらみで人を刺してしまい、警察に捕まってしまっていた。

いや、それも相手が悪いのである。サイのいちばん大事にしている宝物のような女の子にちょっかいを出し、あげくにサイに向かって、「こらー刺せるもんなら刺してみんかい、ほれほれほれ、ここやここや」と自分の腹をほり出したりしたのである。サイはあんな風に見えても根は正直者である。小学校のときも「素直なだけがトリエです」と先生に言われた男である。「ほれほれ、ここ刺せ」と言われれば「ハイ」と刺してしまうのである。まことに単純明快、バカな男である。

「な、そやろ。そやから金みたいなもんはコツコツ稼がなアカンやて、いやホンマ」

アキラはなおも酒屋の店内を目を細めながら覗き込んでいた。この男、現在家出中である。サイが捕まり、寝るところがなくなった私がブラブラと歩いていると、この男が駅前の線路にかかる陸橋の上で寝ていたのである。雨の日にである。

私は、こんな雨の日に陸橋の上で毛布にくるまり寝ている人とは、なるべくならお友達になりたくないので、横を通り過ぎようとした。そのとき毛布から出ていた顔の目が開き、私と目が合ってしまったのである。

「よおーひっさしぶりやのお」と言う男の濡れた顔はアキラであった。

「おまえ、何してんねんこんなトコで」と尋ねる私の顔を不思議そうに見て、アキラは、

「何ておまえ、寝てるんやんけ」と答えた。

「寝てるて、なんでこんな場所で、雨の中で寝てるか聞いてんじゃ」

「眠たいから寝てるんやんけ」

アキラはそう言いながら、またもや寝ようとする。

「コラー！　寝るなー！　雨の中で寝るなー！」と私はアキラをたたき起こした。

アキラは三ヵ月ほど前から家出をし、あっという間に持ち金を使い果たし、寝る場所を探しているうちにめんどくさくなり、近所の家で毛布をかっぱらって陸橋の上で寝たという。こいつもバカな男である。

その日から私はアキラと行動を共にするようになっていった。駅の近くに古いアパートがあり、その一部屋が近所の新聞屋の寮になっていて、パチンコ屋でよく顔を合わせる奴が住んでいた。私たちは寝る場所だけはどうにかこの部屋に確保できたので

あった。

しかし遊んでいても腹はへる。何かを食べなければ死んでしまう。そんなときはアキラと二人でウロウロしながら、なまいきそうなのを捕まえては二、三発はり倒して「カツアゲ」をするのであるが、それはほとんど私の役目であった。しかし毎日なまいきそうな奴がウロウロしているとは限らない。そんなときはアキラの出番である。そう「足りないときは足りているところからいただく」のである。

「よっしゃ来た来た、店番代わったぞ」

アキラが店の中を覗いたまま言った。アキラはこの酒屋の金庫をかっぱらう気がある。

この若夫婦が経営する酒屋は、夕方から立ち飲み屋になる。そのほとんどの客はこの店の若奥さんが目当てである。そのせいかいつもこの店は繁盛していて、アキラの言うことには店の小さなカウンターの後ろに金庫があり、客が酒を一杯注文するたびに若奥さんがゴソゴソとその中にお金を入れているというのだ。アキラはその金庫を狙っているのだが、問題がひとつあり、それはこの若奥さんというのが元陸上部の花形スプリンターであることだった。

「ほんなもん、スルメ一本ぱくって逃げたかて全力で追いかけるらしいぞ」

アキラはよくそう言っていた。

「ライオンは兎一匹にも全力を出すもんやていつも言うて笑てんやてよ」

「そうか、そんな大人げのないライオンの真似せんでもええのにのお」

私とアキラはそんな会話を交わしながら、その日の午後を待っていたのである。

午後になれば若奥さんは店の奥にある自宅へ帰り、代わりに若旦那が店番をするらしい。その若旦那が今、店番に現れたのである。

「わっしょれー、えらいでっかい奴やっちゃなあ」と私は若旦那を見て言った。軽く二メートルはありそうな身長で、横幅もかなりあった。まるでジャイアント馬場に空気を入れた感じである。

「心配せんでええ、あいつは気が小さて、動きもトロトロしてるから」

アキラは竹竿を池の中に捨て、立ち上がった。私たち二人は朝から酒屋の前の池のふちに座り、糸のついていない竹竿で釣りをするふりをして、店の中をうかがっていたのである。

「あたりまえじゃ、あれで気が荒て動きが速かったら、俺は帰らしてもらうわい」

私もズボンの泥を払いながら立ち上がり、二人して酒屋に向かった。

「ほな計画通り頼むど」

アキラは私の肩をたたいて言った。「よっしゃ、まかしとけ」と私は答えながらも、ドキドキとしていた。アキラの計画とは、まず最初に私が店の横に積んであるビールびんのケースを持ち、正面でなく店と自宅を結ぶ小さな勝手口の方から「スンマセン、びん代ちょーだい」と大声で言うのである。その声を聞いた、動きのトロイ若旦那が勝手口から出たところを、アキラが稲妻のように正面から入り、金庫をいただくというものだった。

「なんかたよりないのー」

アキラは心配そうな顔で私を覗き込んだ。私はこのテのことには全く才能がなかった。人を殴ってお金をまきあげたり、チカラずくで物を奪ったりすることには天才的な才能を発揮したが、このテの頭を使った高度な仕事は全くダメなのであった。

「まかしとけ、まかしとけ。そのかわり半分は俺のもんやぞ」

私はビールケースを持ち上げ、アキラにそう言うと勝手口へ向かった。アキラは店の正面へ向かっていった。

「すんませーん、だれかおりませんかー」

私はできる限りの大声を出した。

「はーい」

声がしたのは自宅の方からであった。しかもよく通る女の人の声であった。

「いえー違いますー、そっちと違いますー」

と私が大声で言ったときには、目の前にライオンスプリンターが現れていた。

「あら、どないしたんニーチャン、真っ赤な顔してからに」

スプリンターは笑いながら私の顔を見つめた。なるほど、なかなか美人である。しかし今はそんなことを言ってる場合ではない。

「いえ、あのーそのー、このビールびんと金庫を、いや、あのおー」

私がしどろもどろになっていると店の方から大声がした。

「こらー！　ドロボー！」

アキラはバカな私のことなどアテにせず、自分一人で強行したらしい。その瞬間、私の横を風が走った。私がアワワワと振り返ったときにはスプリンターの姿はどこにもなく、かなり遠くの方で女の笑い声が聞こえていた。

私は声と反対の方向へ向かった。

「あかん、おまえとは絶対に組めん、今度からは見てるだけにしてくれ」

アキラはハアハア言いながら待ち合わせの場所に現れた。私はもうアキラの顔を見ることはないだろうと思っていたが、恐るべしアキラである。右手には手提げ金庫を持っていた。

「しっかし、よう逃げれたもんやのお、今頃はパトカーの中やと思っとったのに」

アキラはハアハア言いながらズドンと尻もちをつくと、少し笑いながら言った。

「アホ言え、俺が捕まるかいや。あんな奴らに」

私はアキラと同じように尻もちをつき、どうして逃げきったか聞いてみた。

「そんなもん、逃げるからアカンやかい。相手は女やぞ、逃げんと抱きつくやんけ。ほんで無理矢理キスでもしにいってみい」

この男私とは頭の出来が違うようだ。勉強以外のところには見事に頭が働くらしい。

「キャー助けてー言うて逃げたわい、そやけどさすがや、逃げんのも速い速い」

私たちは顔を見合わせて笑った。

「ほんでどうやった、なんぼ入ってた」

私は笑いながら聞いた。アキラは何も答えず笑ったままである。

「おいアキラ、中見たんやろ、なんぼ入っててん」

アキラはまだ笑ったままである。まるで放心状態になったようにエヘラエヘラと笑っている。何か悪い予感を覚えた私は、手提げ金庫をひったくるとすぐフタを開けてみた。

青や赤や黄色の色とりどりのプラスチックの札がたくさんこぼれ出た。その札には「ビール」や「酒一級」や「酒二級」とマジックのきれいな字で書かれてあった。

「金はどないしてん金は、早よ出せ」

私は未だにエヘラエヘラ笑い続けるアキラに向かっていった。すでに右手はゲンコツになっている。

「おいアキラ、半分でええて言うてるうちに出しとかんと後で泣くのはおまえやで」

私は右手のゲンコツに「ハアー」と息を吹きかけアキラのコメカミに狙いをつけた。それでもアキラはヘラヘラ笑っている。

「ゴッ」とにぶい音とともにアキラは横に倒れた。やっと笑いが止まったようだ。

「まてー！　まてー！　待ったらんかい、何でそうやってすぐに殴るんじゃい」

言いながらアキラの右手はズボンのポケットに入っている。中にはきっと大金が入っているに違いない。

「ほな、この手は何じゃい」

私はアキラの右手をつかみ、その手をねじり上げた。右手がつかんでいた物はカッターナイフだった。私はそのカッターナイフを取り上げ、アキラの顔に近づけた。

「なんにも入ってなかったんじゃー、一銭も入ってなかったんじゃー」

アキラは大声でわめきだした。

「大きな声出すな、ドアホ」

私はアキラの急所を握り、「ほんまのこと言わんと明日からアキコになるど」と脅した。

アキラの話を聞くと、どうやら本当に入ってなかったようだった。アキラがウソをつくときは九州の言葉に戻るからわかるのである。アキラが盗《と》ってきた金庫は現金用ではなく、客が飲んだ杯数を数えるためのプラスチックの札容れであった。

「もうおまえとは組まん、こんな苦労して何のもうけもなしやて、やってられへん」

私はアキラに言われたことをそのまま言い返し、金庫を手に持った。

「苦労て、おまえ別になーんも苦労なんかしてないやんか。じゃまはしたけど」

アキラの言葉を聞きながら私はその金庫を投げ捨てようとした。

「まてー！　投げるなー！　まてー！」

アキラはまたもや大きな声を出した。キョトンとする私の手から金庫を奪いとったアキラは金庫の泥を払いながら、

「大事な売り物を、ほかしてどないすんねん」と言った。

「いなんいなん、一人で行けよ一人で、おまえ一人で行ってこい」

私は金庫を売りに行こうと誘うアキラをその場に残し、そそくさと歩きはじめていた。

「金いらんやなー、俺一人でもらうぞー」

声をかけるアキラに「いらん」と一言だけ言って歩くスピードを速めた。「誰がついていくかい」と心の中で思っていた。

アキラは金庫を故買商のところに持っていくと言った。その故買商のオヤジはカーテンレールからロケットまで、ありとあらゆる物を買い取ることで有名なオヤジであり、アメリカのアポロ宇宙船が太平洋に着水したときも、テレビ画面のすみの方に、大きなアミを持ったそのオヤジが映っていたとウワサのあった人である。しかしそのオヤジにはマネージャーのような人がついていて、そのマネージャーに話を通さないといけないのである。

そのマネージャーが問題であった。

その人は「カオル」といった。私は今までこのカオルちゃんほど強く、恐ろしく、冷血な人間に会ったことはない。その当時で三十歳ぐらいであった。今は五十を越えたオヤジである。今でも銭湯なんかで背中一面に鯉の入れ墨を入れたヤクザを見つけると、すぐにケンカをふっかけては、

「コイノタキノボリー」

と女湯の方へ投げ飛ばしたりしている。競輪場でバッタリ会ったりすると何百メートルも向こうから走ってきては、

「おうこら、どないしてんじゃい。髪の毛ェ、くろーに染めやがってえ」

とすぐにポカンと頭を殴ってくれる。私の毛がもともと赤いと思っているらしい。

私が初めてカオルちゃんを見たのは中学二年のときだった。すでにその名は知っていたが、実物を見るのは初めてだった。

「あれがカオルちゃんや」

一緒にオールナイトの映画を観に行ったサイが教えてくれた。映画館で待ち合わせた小鉄やガイラもいた。その映画館は二階部分のいちばん前だけが畳になっていて、私たちはその席から下の一階席を覗き込んでいた。

その一階部分でカオルちゃんは座っていた。カオルちゃんの座る一列だけは、他の誰も座っていなかった。前後の席もその部分だけは空席だった。

「へえーあれがカオルちゃんか」

私は暗がりの中でカオルちゃんの頭を見つめた。もちろん男である。名前はカワイイが、やることは鬼のような人である。

中学生の頃に、寝ているところを襲われ、背中をナイフで刺されたが、「痛い」と一言寝言で言っただけで、朝まで起きなかった人である。

「カオルが相手かあ。まあ、あいつが九十歳ぐらいになるまで待てや」

ケンカに負けることを極度に嫌う、うちの父の言葉である。

「世の中、絶対に死なん奴もおる」

私に人の殺し方を教えた祖父の言葉である。

パチンコ屋で暴れたとき、止めに駆けつけた警官八人を血だるまにして、パトカーを運転して帰った人である。

事件はすぐ起こった。

何も知らない酔っぱらいのオヤジがカオルちゃんの真後ろの席に座った。すでに二階ではどよめきが起こる。カオルちゃんを知っている者はほとんど二階に上がっている。

そのオヤジは自分の席に、深く深く腰を埋めると、両足を前の座席、つまりカオルちゃんの席の背もたれにドスンと置いた。カオルちゃんの両耳の横にオヤジの足がある。二階席に座っていたほとんどの奴のノドから「ゴクリ」と音がなった。もう映画どころではない。カオルちゃんがゆっくりと立ち上がり、ギロリと振り返るのと、オヤジが「こらあ、立つなボケ、見えんがな」という言葉がほとんど同時だった。固定式のはずのイスが飛んだ。背もたれが飛んだ。ヒジカケも飛んだ。最後にそのオヤジが飛んだ。両足はヒザから下が折れ曲がったように空中でプランプランとしていた。

「おう、ワレらも来てたんかい」

映画館の入場者と同じくらいの数でやってきた警官に連れていかれるカオルちゃんの顔は、返り血で真っ赤になり、笑ったその顔は赤鬼のようだった。

そんなことなど、なーんにも知らないアキラは、自分から進んで赤鬼の足元まで行き、

「お前がカオルかあ、金庫買うたれや」などと言ってしまったらしい。命知らずである。無鉄砲である。カオルちゃんはまず、ニコリと笑うであろう。「俺を喜ばす人間がまだいたか」とほほえむであろう。

カオルちゃんを喜ばせた人間はどうなるか。簡単である。みんな知っていることである。知らないのはアキラだけである。

まずカオルちゃんはアキラに対して、年長者への口の利き方と、自分がどんな人間であるかを、マンツーマンできっちりと教え込むであろう。体で覚えさすであろう。その後は今までカオルちゃんを喜ばせた人々が歩んできた道、鵜飼いの鵜になる道へ案内されるのである。

カオルちゃんの鵜になるとどうなるか。命がけで逃げ出してきた私の知り合いの鵜が数羽いるが、そやつらの証言によると、まず朝飯昼飯夕飯は当然のように与えられないという。なかにはそれが辛く、拾い食いをした者もいたというが、拾い食いがカオルちゃんに見つかると、犬の檻《おり》の中に放り込まれるらしい。犬は飼い主に似るという。どんな犬かわかるであろう。カオルちゃんは行儀にはうるさいのである。朝飯昼飯夕飯が与えられない代わり、強制労働は与えられるらしい。

朝になるとパチンコ屋に開店と同時に入場し、他の人が台を取るために置いた車のキーを盗んで、その車を運転して故買商のところまで運ぶという仕事があるらしく、昼はスーパーや百貨店で万引きをやらされ、カオルちゃん用の洋服や故買商行きの商品をせっせと運ばされるという。やれやれやっと夜だと思うと、今度はカオルちゃんに後ろからケッとばされ、車にはねられては、その治療費をカオルちゃんのフトコロに運ぶ仕事が待っているという。寝ている間に逃げようにも、他の鵜が逃がしてくれないという。一羽でも逃げれば全体責任でツメをはいだりするらしいから、お互いに監視のやりあいである。さすがカオルちゃんである。そんなところへアキラは行ってしまったのである。自ら進んで行ったのであった。

久しぶりに私の前に現れたアキラは、顔中アザだらけでかなりスマートになっていた。駅の近くのスーパーから盗んだらしい、大量のズボンを引きずるように走っていたアキラは、それらを道に停まっている車の中に窓からほうり込んでいた。

「おうアキラ！　何してんな」

私の声に振り向いたアキラは、泣きながら私の方へ走ってきた。

「助けてくれー！　助けてくれー！」

泣きじゃくりながら私をつかむアキラのツメが二枚ほどめくれてなくなっていた。

「何じゃい、ワレの連れかい」

車から降りてきたカオルちゃんは、ゆっくりと私たちに近づいてきた。その頃には私も何度かはカオルちゃんと顔を合わせている。

「早よ来んかいコラー」

カオルちゃんはアキラの背中を足で蹴り、襟首をつかんで引っ張った。

「あああー助けてくれー！」

アキラの手は私の体から離れ、ズルズルと引きずられた。アキラは泣きながら私の名前を何度も呼んだ。

「待たんかいボケ！」

声がふるえた。

「俺に言うたんかい」

アキラの首から手を離し、カオルは私に近づいてきた。

「ワレしかおるかい」

勝手に言葉が出ていた。

「俺もなめられたもんやのお」

顔のハシで笑うカオルの顔とアザだらけのアキラの泣き顔がダブって見えた。

「じゃかっしゃい！」

いてもうたる。目の前にある大きな顔に一発目をぶち込んだ。

「あやまれー！　あやまれー、殺されるぞー！」

アキラの声が何度か聞こえた。カオルちゃんの脚にかみつくアキラの姿も見えた。何回目かの失神から目覚めた私は「どっこらせ」と立ち上がり、目の前の黒い人影に向かっていった。そのたびに重い衝撃が体に走るが、ほとんど何も感じなくなっていた。

「立たんかい！」

元気そうな声がした。どうやら自分は立ち上がってないらしい。おかしいなあ立ち上がってるハズやけどなあと思いながら、目の前がまた真っ黒になっていた。

ツーンとまた耳が聞こえはじめ、キナ臭い匂いが鼻に戻ってきた。そやそや、カオルやカオル。今度は立ち上がることもできなかった。体がどこかへ行ってしまったらしい。

「おい！　おい！　いけるか、いけるか！」

アキラの声が水の中で話しているように聞こえた。やっとアキラの姿が見えだした。カオルちゃんの姿は見えない。

「カオルわい、逃げたんかい」

声を絞り出して言う私を抱き起こしたアキラは、まだ泣いていた。

「もうええんや、もうええんや」

私の体を揺さぶりながらアキラはまた泣き出した。

「よー泣くやっちゃのお、男のクセにめそめそするなボケ」言葉がうまく言えなかった。口の中がズタズタに切れているらしい。歯もまた折れてしまったのだろう。

「おう、もう泣けへんど。泣かんわい」

アキラは言いながら、何枚かの一万円札を私の顔の前でヒラヒラさせた。

「なんやその金」

「カオルの車の中にあったんや。医者代はもろとかんとの」

「そうか、ようやった」

私は目の前でヒラヒラするお札を手で取ろうとした。アキラがすっと手を引いた。

「半分は俺の分やで」

また目の前が暗くなっていた。

その後私は一週間以上、ウンウンと寝込んでしまった。アキラは三日ほど寝込んでいたが、五日もすると一人で昼間だけ動きまわっていた。夜には帰ってきて私の枕元

に座り、

「わしゃ、きさんに助けてもろおたこと一生忘れん、今度きさんがピンチのときはわしが命を張って助けちゃる」

うそを言うときだけ使う、九州の言葉で言ったりした。そのわりには今現在のピンチを助けることはなく、医者にも連れていってくれなかった。

「寝とけば治る、気合いじゃ気合い」

私は風邪をひいているのではない。それにいつまでも寝ていられる状態ではなくなってきていた。

今まで世話になっていたこの新聞屋の寮も、もうすぐ出ていかねばならなかった。知り合いが仕事をやめて、この寮を出ていくのである。のんびりとはしていられない。次なるねぐらを探さなければならないのである。

その後も私は少しの間寝込んでいたが、十日もすると体も動きはじめ、寮を出る頃には元通りに完全充電され、「ふっかつー!」と大声で叫ぶようになっていた。貧乏人のガキの体は金がかからないようにできているらしい。

「さあて、これからどないするかのお」

久しぶりに駅前に立ち、どこからかナマイキそうなのが歩いてこないかと目を配りながら、私はアキラを見た。

「俺なあ、仕事しようかと思てんや」

アキラが下を向いて申し訳なさそうに言った。

「なにー！　しごとー、おまえがかい」

私はアキラを見つめた。アキラは下を向いたままうなずいた。

「そうや、寿司屋の見習いでな、住み込みで働けへんか言うてくれてんや。支度金ていうのもくれるしな」

「そや、おまえ寝るとこないんやったら俺とこ来いや。なんやったら一緒に働こや、俺が言うたるさかいに」

アキラは続けて言った。アキラの父親は寿司職人だった。彼はその跡を継ぐのがイヤで家を飛び出していたのである。

「そうか、ほなおやっさんも喜ぶの、家に電話したんか」

「いやまだや。まだせえへん、もっともっとしてからや」

父親と毎日顔を合わせて働くより、少し遠くで働きたい。別に寿司職人が嫌いなわけではない。アキラは真面目な顔でいろいろと話した。

「そやな、その方がええかもしれんな。がんばれや、ほんでおやっさんがびっくりするぐらいの寿司、食わしたれや！」

「うん、そのつもりや。そやけどな、おまえが一番や。おまえに一番で食わしたる」

「アホか、おまえの握った寿司なんか、きたなて食えるかい、頼まれてもいらんわい」

アキラが笑った。笑いながらポケットからしわしわのお金とカッターナイフを取り出し、私の手に握らせた。

「これ、持っていけよ。俺はなんとかなるし、もうカッターもいらんわい。これからは包丁の世話になるからの」

「あほ、俺はいらんわい、おまえこそこれからいろいろと要るようになるわい」

私はしわしわのお札をアキラのポケットにねじ込み、カッターナイフを手に持った。

「もういらんの、これも」

私はカッターナイフを思いきり遠くへ投げ捨てた。アキラはまぶしそうにナイフが飛んでいくのを見上げていた。

さあて、これからどうするか。私はアキラと別れた後も同じ言葉を何度も繰り返していた。そろそろ家に帰ろうか、俺もアキラのように働くか、いろいろな考えがまとまらないまま頭の中でグルグル回っていた。

「まあ、とりあえずは、女のトコにでも転がり込むかあ」

いつも出てくる考えは別のものになってしまう。

「そやそや、あいつの家に行こ。決まり！」

私は、当時つきあっていた女のところへ向かうことに決めた。しかし、やはり手ブラでは行けまい。たまには電話を入れたりしていたが、ほとんど放ったらかしの状態である。やはりこういう場合はバラである。部屋中を埋めつくすバラの花である。

私は彼女の家とは反対の方向へ向かった。反対方向の電車に乗れば、競艇場がある。私はポケットの有り金を握りしめ、

「待っとれよー、部屋中バラの花で一杯にしたるからなー」と、メラメラと目から炎をあげて競艇場へ向かった。

その日の私は、競艇の鬼と化し、火の出るような勝負を展開した。何といってもバラの花と居候がかかっている。

まずは得意の穴狙い。しかも住之江競艇場で穴が出るときの、これしかないというパターンが現れた。並び、風、エンジン、全てが私に味方してくれたようだった。た

だ、運だけがソッポを向いてしまい、2着、3着。バラの花びらが少し散った。ええい次のレースは鉄板本命だ。二人のイン選手がいい調子である。住之江のインほど強いものはない。思ったとおりのピット離れ、思ったとおりのコース取り。エンストがなければ勝っていた。

バラの花はやめよう。菊でもいいか。

こうなりゃヤケクソだ。手広くひろげて元金だけでもと。人生守りにはいるとこうも弱いものなのか。これだけは来ないと思った弱気舟券が見事な配当をたたき出す。菊はあきらめてもらおう。朝顔の種にしようか。

競艇場から彼女の家に向かう電車の中で、私の膝の上にはあったかーいナンバ551のブタマンがのっていた。バラよりブタマンの方がいい香りがするのだ。バラは食えないがブタマンは食べられるのだ。小さな箱に入ったブタマンの香りを電車の中に漂わせ、私は彼女の家に向かっていった。

彼女とは、中学からのつきあいである。私が中学三年のとき、彼女は一級下の二年生に転校してやってきた。周りの奴らが、

「おい、二年にえらいベッピンさんが転校してきたで」と騒いでいて、休み時間にな

ると二年の教室に見学に行く奴が大勢いた。

「たかが女一人のために、ああ、嘆かわしいのお」と言いながら、私も「どれどれ」と見学に行ったのである。

その当時、私は飛ぶ鳥を落とすような勢いがあり、かなりもてていた時期である。今はそのときのバチがあたったのか、そのときに一生分の女運を使い果たしたのか、さっぱりであるが、その当時はもてていた。

彼女が転校してきたときも、私は二人の女の子とつきあっていた。その二人も三年生のトップランクの方である。別に彼女をどうこうする必要はなかった。

しかし彼女を見たとき、私はドキーンとしてしまい、必ずどうこうしてやると心に誓ったのである。

彼女の名前は「リョーコ」といった。私がつきあっていた二人のうち片方もリョーコといったので、仮に何かのとき、間違って名前を言っても安全である。彼女は中学二年でありながら、かなり色っぽい。なんとなくデビュー当時の夏木マリとデビュー当時の中森明菜を混ぜてかき回し、その上から竹下景子をパッパッと振りかけたような感じである。それに靴下の履き方が、他の女生徒がみんなクルクルと下まで巻きおろした電車の吊革のような感じなのに、彼女はソックタッチでひっつけたように伸ばした履き方である。彼女は、マスカラやアイシャドウや口紅などですでに化粧もしていた。

さて彼女をどうやって私一人の「ボクの宝物」にするかだ。思いきり計画して偶然を装う作戦をいろいろと考えたが、そんなものは何も必要なかった。うまくいくときというのは何もしなくてもお互いピピッと周波数が合うものである。私とリョーコは自然と接近しはじめ、三年生スケ番グループによる「あの子ちょっとナマイキやからいてもうたる作戦」を私が中止させたとき、二人の仲は決定的なものとなる。

彼女が転校してきて間もなく、三年生のイケイケネーチャングループから「何か二年に転校してきた子、ちょっとナマイキとちゃう」と声があがった。

「中学のクセに化粧してるし」などと、青森のねぶた祭りのような自分たちのことを棚に上げた声もあがっていた。

「よっしゃ、ほんならいてまおか」と全員の意見が一致し、彼女をしばきたおす方向へと向かっていった。

私はこの連中が大嫌いであった。彼女たちをチヤホヤする奴も多かったが、私はこんな、グループで一人をやっつける奴らを見ているだけでムシズが走るのである。

以前も、この女たちは私の小さい頃からの友達の女の子に向かって、私のことを呼び捨てにしているとワケのわからないことを言って集団で脅したことがあった。そんなことはほっておいてほしい問題である。ある日その女の子が私を君付けで呼んだので、

「どないしたんな気持ちの悪い、金貸してくれ言うても俺はないぞ」と言うと、首を振って泣き出すのである。そのときは私も「おまえらそんなこと言うたるなよ。同級生やねんから」と優しく言ったが、今回は別である。

「俺、あいつとつきおうてるから」と宣言し、「おまえらあいつのこと狙ろてるて噂で聞いたけど、笑ろてるうちにやめとけよ」と釘を刺したのである。

彼女らはさっそくリョーコのところへ行き、私とつきあっているのかと訊いて、「ウン」とリョーコが答え、私たちの仲は決定的になった。

決定的となった仲を、私はすぐもっと決定的なものとし、さらに決定的にした。

やがて私は彼女のことを「リョーコ」と呼んでいたのが「リョー」となり、いつの間にか「おい」と呼ぶだけになっていた。

しかしその間も私は、彼女一筋というわけでなく、あちこちを突っついたりしたが、彼女は常におおらかで、じっと私を待っていた。

「これ、おみやげや」とブタマンを渡すと、彼女は嬉しそうに、

「うわーありがとう、おいしそー」と喜んだ。ブタマンだけで喜ぶのである。ふだん私がいかに何もしていないかわかる。店中のバラを持ってきていたら、彼女は失神してたかもしれない。

「これからどないするん、オバちゃんも心配してたよ」と彼女は言った。

「おまえ、俺の家行ってんか」と聞くと、

「うん、たまに。ごめんな」と言う。

「お母ん、何か言うてたか」

「うん、あの子は犬と一緒やから、腹へったら帰ってくるて言うてた」と言いながら彼女は少し困ったような顔をして、

「帰ってあげたら」と言った。

「アホ言え、犬や言われてすぐ帰れるかい。そのうち帰るわい」と私は言い、その日から彼女の家に居候することになった。

彼女は母親と弟の三人暮らしであり、弟はまだ中学生で、母親はパートに出てゆき、彼女も近くでウェイトレスをしていた。

私は彼女の家にいる間、別に何をするでもなくただボーとしながら、

「ぼちぼち家に帰ろうかなあ」と思っていた。

それまでずうっと家に帰っていなかったワケではなく、たまに帰ったりしていた。しかしそれらは、家庭裁判所の呼び出しがあったときか、私が警察に捕まって引き取りに来てもらったときだけである。そのときも家の中には入らず、用が済めばすぐに鉄砲玉のように出ていったのである。

「そやけどなあ、今さらカッコワルイしなあ」と毎日そんなことばかり考えていた。

そんなとき彼女の元に一通のハガキが届いた。

「やったあやったあ」と、飛び跳ねる彼女に、

「なにがやったんや」と聞くと、

「テレビ局からやん、いっぺんおいでやて」と彼女は私にそのハガキを渡した。

「ただいま恋愛中」というテレビ番組の予選のハガキであった。

「わちゃー」と思った。

「いやん、もうどないしょー。何着ていこかなあ、なあなあ、なんかおいしいもん食べよな」と彼女は一人浮かれている。

「アホか」と私は言い、

「そんなもん、アカンに決まってるやろ。まだ予選やぞ」と続けて言った。

「ええの、受からんでも二人で遠いところ行けるだけでええの」と彼女は言い、次から次へと服を着替えて「これどう、こっちがええ」などと私に聞いてくる。「ええわ、ええわ、どうでもええわ」と答えながら私も「何着て行こかな」と考えていた。

「今日は絶対ケンカしたらあかんよ」とその日の朝から言われていた。

「わかってるわい」と言いながら私たちは電車に乗り込んだのである。私は今でもそうなのであるが、電車に乗るとどこを見ればいいのかわからない。今なら本を読みながら乗ったりして本がないと落ちつかないが、その頃はイケイケドンであるし、本なんかハラのたしにもならんと思っていた頃である。自然と電車の中でキョロキョロとする。キョロキョロしてると必ず他のキョロキョロする人と目が合う。目が合うと私はもう目が離せなくなる。向こうが目を離してくれると何も起こらないが、相手も私をにらみだしたらもうダメである。

「おいコラ、なにメンチ切ってんじゃい」と相手が言う頃には、もう手が出ている。

「何も見るもんなかったら、外の景色でも見とき」と彼女に言われたので、ずーと外の景色を見ていたら、終点の駅に着く頃には気分が悪くなっていた。

その後もう一本電車を乗り換えたりして、テレビ局に着く頃には、私はフラフラで青い顔をし一人「うー」とうなっていた。

テレビ局の中に入ると、すでにたくさんのカップルが来ており、口々にいろいろなことを話し合っていた。なかには今回が三度目ですという男の人もいて、「三回とも、違う相手ですわ」と言って、一緒にいる女の人に、「あんた、二回目や言うてたやんか！」とひっぱたかれていた。

私たち二人はその中でもいちばん若いカップルであり、他の男の人は全て大人であり、女の人も全員きれいなネーチャンに見えた。間もなくして予選は始まり、あっという間に終わったが、私たちは思っていたとおり落ちてしまい、大学の落研のカップルなどが残されていた。

「やっぱりアカンかったなあ」と彼女は言ったが彼女はそんなことなどどうでもいいようで、そんなことより、テレビ局の帰りに二人でどこに行こうかという方が、一番の楽しみみたいであった。

「あんなこと、聞かれてもなあ」と私は言いながら、予選会での質問を思い出していた。その質問は私にしては困ってしまうことばかりであった。住所などもまさか「家には帰ってません」とは言えないし、仕事も学校も行かずにブラブラしてます、このあいだまでヤバイ仕事をしてましたとは言えない。

「俺、帰ったら仕事さがしてみるわ。いつまでもフラフラしてられへんし」と私が言うと彼女はそのことには何も答えず、黙って私の腕に顔を埋めてきた。

VI

しばらくの間は彼女の家にいたが、やがて私の記念すべき第一回目の就職先は、思っていたより早く見つかった。何のことはない、小鉄が勤めているレストランである。

私はこのレストランを皮切りに、その後現在にいたるまで、もう数えきれないぐらい職を変わり、「学歴をーかぞーえたらー片手ェにさえ余るぅー、職歴ぃかぞーえたらー両手でもー足りないー」とサチコの節で唄われるほどになっているが、結局このレストランが、今までいちばん長続きした職場ということになる。このレストランに勤めるようになってから、今までちょくちょく飲んでいた酒もエンジン全開で飲むようになり、ギャンブルも半分は遊びだったものが完全に本気の必死のパッチになりだしたのである。もう少しで十八歳になる、青春の現役バリバリの頃である。

その頃私は、近所の自動車教習所に免許を取りに通っていた。その教習所は私が居候しているリョーコの家の真横にあった。費用は出世払いでリョーコが出してくれていた。いつもリョーコの家のベランダから眺めていたので、どこをどう通るかコースは全て頭の中に入っていたし、通うのもベランダからコースに飛び降りて三十秒で着いてしまうという、私にとってはまことに都合の良い教習所であった。それに教官たちは地元の人ばかりで、私がいつも無免許で運転しているのも、毎日コースをボーと眺めているのも知っている人が多く、車に乗ると、「運転できるやろ」と言って横で半分イネムリをしていた。たまに注意されることといえば、

「おまえなあ、ちゃんと入り口から来いよお。ベランダからコースの中走ってくるなよ」などということぐらいであった。私はもう少しで卒業というところまで進んでいた。

そんなとき教習所で、しょんぼりと肩を落としトボトボ歩いている小鉄に会ったのである。

「おお、ひっさしぶりやのお。今どこにおるんじゃい」小鉄は喜んで、自分は今もレストランの寮にいることなどを早口で私に語った。

「おまえ、もうここに通てるんか」と聞かれたので、

「そや、卒業する頃はちょうど十八やから、すぐ免許もらえるわい」と言った。

「おまえはどうや。どこまで行ってんや」と聞くと、

「どこまでも何も、今日申し込みに来たんやがな」と小鉄は少し元気なく答えた。

「そうか、まああっという間に卒業できるわい。こんなもんへみたいなもんや、簡単や。そやけど小鉄、おまえは人一倍アホやから学科は気をつけいよ」と言うと小鉄は

ますます元気をなくし、うなだれるのである。

聞いてみると小鉄は、学科どころか申し込んだときにする小学生でもわかるような漢字のテストに落ちたところだったのである。

「ありゃりゃ。まあ気にするな、アガってたんやろ、次はいけるわい」と私は必死に笑いをこらえて言った。しかし体は正直で、肩はふるえ口元はゆるんでいる。

「笑いたかったら笑えよ」小鉄はうつむいたまま私を上目づかいでにらんだ。

「そ、そうか。ほなすまんけど」と私は大笑いした。小鉄は笑う私の首を絞めながらも、ブラブラしてるのならレストランで働いてみないかと誘ってくれ、私は小鉄にまかせることにした。

しばらくして小鉄から連絡が入り、私はその日からレストランに勤めることになる。リョーコの家を出て、レストランの寮に入った。そのレストランは、大きな道路沿いにあるドライブインの中にあった。その街道沿いではいちばん大きなドライブインであり、前のでかい駐車場にはいつも観光バスや長距離トラックが出入りしていた。レストランの脇にはオールナイトのゲームコーナーやおみやげ売場、立ち食いうどんのスタンドなど、何でもアリのドライブインであった。

そのためレストランにやってくる客も、団体客からトラックの運転手、近所の人や家族連れにアベック、暴走族といろいろである。メニューも和食洋食中華と何でもアリであるので、当然忙しい。普通なら私は絶対そんなところでは働かないが、「ウェイトレスがアルバイトのピッチピッチの女の子だらけ」という小鉄の言葉で、「ピッチピッチ」と繰り返し、すぐOKしたのである。

私が入る寮はコックたちの休憩室の奥、二階にあった。夜中でも店のネオンサインがバチバチと音をたてて窓が光る、かなりハードボイルドな部屋であった。しかし寮住まいは小鉄一人で、夜中も出入り自由なので、私と小鉄にとっては天国のようなところであった。それに昼食と夕食は店が出してくれるし、レストランだけに食べ物はいくらでもあり、困ることは何もなかった。

しかし小鉄の言ったピッチピッチの女の子はどこを探しても見つからず、トイレの三メートルぐらい手前から、歩きながらスカートをめくりはじめたりするオバハンウエイトレスや、トイレの前でアンネ用品を「うっしゃー」と叩いて、パーンと袋を破る洗い場のオバハンばかりである。

コックとして働いている人たちは全員私たちより年上の人ばかりで、酒とバクチとケンカが大好きな、なかなかナイスな人たちであった。それらの人を束ねるチーフという人は「なにをさらしのフンドシじゃーコラー」というのが口癖で、その言葉が出る頃には手か足が飛んでくるような人であった。

私が最初にやったことは、野菜切りと野菜の盛りつけである。この店は皿洗いは全て機械がするし、洗い場のオバチャンもいるので、コックは料理を作るだけである。客の数もメニューの種類も多いので、そうでないと間に合わないのである。

私がやった野菜の盛りつけは、細長い皿を少しずつ重ねてズラーと並べ、はしからキャベツやレタスを盛っていくのであるが、百や二百はすぐなくなってしまう。ドラムカンに半分ぐらいキャベツを切っておいてもすぐなくなるので、またキャベツ切りのところまで走り、キャベツを機械でシュバババと切るのである。

このキャベツを千切りにする機械は恐ろしいしろものだった。扇風機の羽根が刃物になっているようなところにキャベツを押し込んでいくもので、ふだんはゆっくりと動くベルトコンベアーに乗せればいいのだが、忙しいときはそれでは遅いので自分の指で押し込んでやる。これがかなり恐ろしく、しばらくするとキャベツが赤くなったりして、「あれー」と自分の指を見るとツメの先がなくなっていたりする。そのときは全く痛くもないが、しばらくすると痛みは強烈にやってきて、自然と指を押さえて踊りだしてしまうのである。そんなときチーフはやってきて、「なにをさらしのフンドシじゃーコラー」と言いながら傷口に塩をまぶしまくり、「よっしゃー、治ったー」と言うのである。全くスキがあったら殺してやろうかと思うオヤジである。キャベツを赤く染めたり、私と同じ大きさの鍋でグツグツ煮えるカレーをかき回しに行っては、アブクがパチンとはじけて飛んできたカレーの汁に「あっつうー」と一人うずくまったりしている頃、「どお、少しは慣れた」と言ってきた人がいた。みんなから「タコやん」と呼ばれている人であった。

タコやんと呼ばれる人は、そのニックネーム通りどこから見てもタコに似ていた。この人は、十人前は一度に入るフライパンをガッポガッポと操り、たくさんのチャーハンを作ることに命を賭けている人であった。

「チャーハン二つ」や「チキンライス三つ」ぐらいではブスッとしていて、いかにも面倒くさそうであるが、ひとたび「チャーハン十二、お願いしまーす」とオーダーが通ったりすると、「あいよう」と体中にヤル気をみなぎらせ、そのデカフライパンを両手に持ってあざやかにガッポガッポとやるのである。またその自分の姿にかなり酔っていて、洗い場のオバチャンたちが「うまいもんや」などと言ったりするとガッポガッポの音はガッポガッポバッコバッコとオクタープブもはねあがり、ついでにチャーハンもはねあがり、上着の胸のところから熱いチャーハンが飛び込んで、タコやんはデカフライパンを持ったまま「アッチチチ」と走りまわり、「なにをさらしのフンドシじゃーコラータコー」とチーフも走りまわるのである。

「ええか、あのタコが何か話しかけてきても相手にすなよ。えらい目にあうぞ」と小鉄は私に言っていたが、私はそのえらい目というのがどういうことか、そのときは知らなかった。

「寮に入ったんだってぇ」とタコやんが言ったので私は「はあ」とあいまいに答えた。

「僕もついこのあいだまで入ってたんだけど、アケミと知り合ってねェ。ヒヒヒ」とタコやんは頭の先の方で笑い出した。

「ああ、アケミ見たことあるう」とタコやんはホールの方へ目をやった。

「いえ、まだやけど」と私が言うとタコやんはウンウンと一人でうなずき、

「ここでウェイトレスしてんだけど、知らないかな。いちばん若くていちばんカワイイ女の子」と言った。私はタコやんの顔を見て、へえこんなタコみたいな顔をしながらなかなかやるもんだなと思った。

「あっ来た来た」とタコやんは感心している私に合図して、ホールと調理場の間の大きな窓の方へアゴをしゃくった。

その窓口のところにはウェイトレスの制服を着た土偶のような顔をしたオバハンが立っているだけであった。

「どお」とタコやんは私に言ったが、どおと聞かれても、私はそのいちばん若いいちばん美しいアケミさんを見ていない。

「ア・ケ・ミ」とタコやんがその土偶に向かって声をかけると、

「はあい、なあに」と土偶がしゃべった。

「どお」とタコやんは私をつついた。

私はその場に凍りついたように立ちすくんでしまった。その土偶は私の顔を見つめ、

「食べたろかあ、ワレー」といった感じで歯をむき出した。

「笑うとエクボが出るでしょ、ヒヒヒ」とタコやんは身をよじりながら、またもや頭のてっぺんで笑った。土偶は笑っていたらしい。

「アケミちゃーん、お二階予約の団体さん入ったからお願い」とウェイトレスの中ではいちばん美人のタナカさんが言うまで、土偶は歯をむき出して私を見つめ、タコやんは頭のてっぺんで笑い続けていた。

「へん、ブスが」とタコやんはタナカさんに向かって吐きすてるように言い、団体用

の料理の準備に向かった。

「なかなか、マニアックでしょう」と、コックの中でただ一人大学を出ている「シマちゃん」と呼ばれる人が声をかけてくるまで、私はボウ然としていたらしい。

その後も私はタコやんのターゲットにされて、毎日二人のなれそめを聞かされ続けたが、それは毎年新しく入ったコックが避けて通れない、関所のようなものであったらしい。

「じゃかましいわい、このタコがあ」と、私が切れてタコやんをケトばすまで、その聞きたくもない話は毎日続いたのである。

しかしウェイトレスは、その土偶だけではなかった。しばらくして学生たちが夏休みに入ると、小鉄の言ったとおりピッチピッチの若い女の子たちがアルバイトで入ってきた。

もうその季節になると、私や小鉄だけではなく、男連中はほとんどフワフワとしはじめ、用もないのに面接をする事務所の前を通っては、どんな女の子が来ているかチェックするのである。チーフも「コラー、フワフワするなー」と言いながらも、

「えらい美人が来てますう」というタコやんの報告に、

「アカンアカン、タコの言うことはあてにならん。小鉄、おまえ見てこい、ゴー!」

などと、いい年をして言い出すのである。

私が初めてその季節を迎えた年は、例年よりかなり豊作の年だったらしく、アルバイトで入った女の子たちは全員美人であった。

「カレーライスお願いしまーす」とアルバイトの子が言ったりすると、全員がカレーの鍋の方向へ走り出したりするのである。

カレーの鍋はホールと調理場の間の、いつも土偶がつっ立っている窓口のところにあり、

「ちょっと待ってねえ」と言いながら、ゆっくりアルバイトの子とお話ができる位置にあるため、みんなで先を争ってカレー鍋へ走るのである。そのくせ前からいるオバチャンたちが、

「カレーライス、ワーン」などと言っても、

「ちょっと手ェ伸ばして、自分で入れい、ババア」と言って誰も行かない。

またその窓口の近くにはサンドイッチ用の場所もあり、若い女の子の声で、

「カツサンド、ワーン」と声がすると、いつもフライのところにいるベテランの「山ちゃん」なども走り出し、自分で食パンを切って、

「あー一度君も揚げ物をやってみなさい、簡単だから」と言って私にカツを揚げさせ

て、自分はニコニコ笑いながら、

「君、姉さんもきれい？」などと言いながらパンにカラシバターをいつまでも塗っているのである。しかし、その窓口は私と小鉄のいつもの場所がいちばん近く、しかも女の子たちと年齢が近いので、私たちの方がだんぜん有利であった。私は走り出す小鉄の足を後ろから引っかけて倒し、その上をまたいで行ったりし、小鉄は先輩の特権で私を窓口から遠くへ行かせたりした。

そんなある日、若い女の子の声で、

「カツカレーワーン」と言ったので、私はダッシュでカレー鍋へ走った。小鉄はちょうどフライのところにいた。他の人も出遅れたようである。

「小鉄君、カツカレー用のカツ、ゆーくり揚げなさい」と言って私はカレー皿をゆっくりと用意し、ゆっくりとライスのふたを開け、

「どお、一日中立ちっぱなしでしんどいやろ」とライスを盛りながら言った。

「はあ」と女の子が答えるや、

「どお、今日終わったらどこか遊びに行けへん」と言いながら、これ以上は無理といった最高の笑顔で顔を上げた。

土偶が赤い顔をしてつっ立っていた。

「いや、あの、その、違うねん。あの」と私が必死で次の言葉を探していると、土偶は、

「困りますう」と言って走り去ってしまった。若いアルバイトの子は和食の方へ行ってしまっていた。

「マニアックですな」と大学出のシマちゃんが言った。

「違う、違う、ちがーう」と言っても、土偶は冷血であった。あくる日には全員に広まっていた。

「ライバルだね」とタコやんは言い、小鉄は顔中をピクピクとふるわせ、笑いながら、

「俺にできることがあったら何でも言うてくれよ。何もできんと思うけど」と言った。

「気持ちはうれしいけど、ゴメンネ」という土偶の言葉とタコやんのガッツポーズを見ながら、

「人とお話するときはきちんと相手の方を向きなさい」という小学校の先生の言葉を思い出し、私はただうなだれていた。

しかしいつまでもうなだれてはいられない。うなだれていると、毎日のバクチには

勝ち残っていかれないのである。

このレストランでは、さまざまな種類のギャンブルが行なわれていた。といっても
まさか店の中でやっているわけではない。近所でいろいろとやっているのである。競艇、競輪、競馬なら私たちが毎日のように酒を飲みに行っている「レイコ」という店に頼めばよかった。この店は夜は飲み屋で昼はノミ屋と、じつにわかりやすい店であった。

その「レイコ」の近くに「宝そば」というそば屋があり、そこでは週に一回二階の座敷で「カチカチ」という博打が行なわれていた。カチカチというのは、一から十までの数字の札を二枚ずつ配るオイチョカブのようなものである。

そして私たちのレストランのコック休憩室では、春と夏の高校野球、ふだんはプロ野球と、野球トバクが行なわれていた。

その中で私が特に愛したものはカチカチと高校野球であった。

競艇、競輪、競馬はやってはいたが、私はノミ屋に頼んで買うより、どうしても本場に行かないと気がすまない方であった。あの本場の雰囲気が大好きであり、ノミ屋で全レースを買うより、たとえ一レースでも休憩時間にバイクをすっ飛ばして行く方が好きであった。

そう、まだ今のように競馬とJリーグを同じように思って騒いだり、大声で知ったかぶりをするようなションベン学生が一人もいなかった頃のことである。それに「レイコ」では飲み屋の方にツケがあるのに、ノミ屋の方までツケができては大変である。

「宝そば」の方へは、金が続く限り毎週通っていた。レイコのオヤジもよく来ていて、

「おまえら、ここに来る金をうちのツケにもまわしてくれよ」とよく言っていた。

そこにはレイコのオヤジ以外にもいろいろな人が来ていて、私たちコック連中はもちろんのことタクシーの運ちゃんから警察関係の人から学校の校長先生と、実にさまざまであった。近所で占いをしているオヤジたちは、

「当たるも八卦、当たらぬも八卦、そら来た来た来たー」と大声を出しては負けていた。

このカチカチというのは十人でやるのであるが、いつも二十人以上集まるので二つのグループに分かれ、百円コースと千円コースがあった。私がやるのは百円コースであるが、これが百円といってもあなどれないのである。

まずは各自に二枚ずつ札が配られ、そのとき各自真ん中のドンブリに百円ずつを入

れる。始めるときすでに千円がドンブリの中に入っているのである。その後、下りる人はいつでも下りられるが、よほど悪い手以外は誰も一回目では下りない。後はかけひきである。役はカブと同じで、二枚の札を足した数が九ならいちばん強い。しかし九の上に四と一のシッピン、九と一のクッピンがあり、その上はゾロ目である。ゾロ目のいちばん強いのは十と十の「ジュンジュン」である。しかし二十枚の札しかないので、そのジュンジュンはめったに来ない。ゾロ目だけでもありがたいのである。そのジュンジュンが来れば、ドンブリの中の全額と、さらに全員から千円が貰える。千円コースなら一万円ずつ貰える。

私は一度ジュンジュンのひとつ下の九と九が来たときがあった。すでにドンブリの中には一回目の百円ずつで、千円がある。

「よっしゃ、いこ」と私の前に座っている占い師の人が言い、一度に三百円ドンブリに入れた。

「おーこわいのー。いっぺんに三百円コールかいや」と言いつつも、他の人も三百円を入れた。私も当然入れる。当たり前である。九と九で下りるバカはいない。それにその占い師はよくハッタリをかます。インケツのくせに何回もコールするほどの強者である。せいぜいカボであろう。

「よっしゃ、いこいこ」と占い師はもう三百円を入れた。そこで六人ほどが下り、残ったのは少数である。

「よっしゃ、もっといこかい」と占い師は今度は千円を入れた。そこで他のみんなが下りた。残ったのは私と占い師の二人である。すでにドンブリの中には七千円と少しは入っている。

「まだいくか、まだいくか」と占い師は私の目をじっと見つめている。私がうなずくと、

「うむむ」と言いながらドンブリに二百円入れた。

「やったー」と思った。先に千円を入れておきながら、私が下りずに残ると二百円に下がってしまった。ハッタリである。

私は二百円を入れると今度は自分から、

「いこいこ、もっといこ」と千円を入れた。

「おおお、強気やぞ。こらええ手やな」と周りの人たちがどよめいた。あったり前である。九と九がハッタリ占い師に負けてなるものか。

「おまえなーバチ当たるぞ。俺にそんなことしたら」と言いながら占い師も千円を入れた。

その後「やめた方がええよ」とハッタリをかます占い師に対し私はコールを続け、「よっしゃ、この辺でいこかあ」というレイコのオヤジの声で札を見せあうこととなった。ドンブリには一万円以上入っている。

「そりゃ九九や」と私は声をひっくりかえして札を出した。周りからは「ウォー」という声があがった。

「ありゃりゃ、九九か」と占い師は私が出した札をしばらく見つめ、フンゴフンゴと鼻の穴を広げている私に、

「ごめんな」と札を出した。

十と十であった。

私の鼻は一気に小さくなり、目の前が真っ白になった。占い師はドンブリの金額全てを取り、周りの人たちから千円ずつを集めた。

この一勝負が五分から十分でついてしまうのである。それを夜から次の日の朝までやるのであるから、百円コースでもかなりの金額が動いてしまう。私はカチカチではほとんど負けていた。何といっても私は顔に出てしまうタイプなので、相手に読まれるのである。であるから札関係のものはとてつもなく弱く、麻雀などでも自分の欲しい牌《パイ》に近いものが出るとピクリと顔が動き、ツモる以外にはなかなか上がれないので

ある。

しかし顔に出ない高校野球の方はうまく勝ち越せたりしていた。

「高校野球をギャンブルの対象にするなんて許せない」と言う人もいるかもしれないが、ぜひ許してもらいたい。私にとってはその当時いちばん調子が良かったギャンブルであったのだから。それに現在はやっていないのだから。

私がやっていたのは、トトカルチョ方式ではなく、毎試合ごとにハンデの点が出る方であった。強いチームと弱いチームがやる場合、3点のハンデがあれば強いチームは3点以上の差で勝たなくてはならない。

これは私にはかなり簡単であった。競馬のように馬の脚の裏の跳ね返りまで見て、調子をどうのこうのと考えたりしなくてすむし、顔にも出ない。ただ「なんとなく」というのがよく当たったのである。地区予選のデータから、雨の日のゲームではどうかとか、もう私なんか見るだけで目が回ってくるほどのデータを集める人もいた。しかしそんなデータより、私のなんとなくの方がよく当たっていた。でないと初出場校が優勝なんかするわけがない。

だから私は、この頃の高校野球のことをあまりよく覚えていないのである。負けたのなら私はよく覚えている。どんなギャンブルでも、不思議と負けたのだけをよく覚えている。それだけ負けているのが多いからだと思うが（ほっといてくれ）。

競輪で神山がずーと連勝してたくせに私が買ったとたんに落車しやがったり、競艇で鈴木が思ったとおりインを取ったと思ったとたんにエンストを三回もしやがって、安岐にインを取られたのなどは今でも夢に出てきては、寝言で「こうらー」とどなったりするが、この頃の高校野球は、バンビ君が九回にサヨナラホームランを打たれて、彼と一緒に私も泣いたぐらいしか覚えていない。だからけっこう勝っていたのであろう。しかし他の４Ｋ（カチカチ・競馬・競輪・競艇）は見事に負け越していたのである。

しかしいくら負けていても、金がなくて腹がへって死にそうになることはなかった。何といってもレストランである。食べるものならいくらでもある。

私たちは普通朝の十一時から夜九時半までが勤務時間であったが、一人だけ朝九時前から出る早出というのがあった。店は一応九時半に開店するので、一人だけコックが出るのである。しかし朝からそれほど客が来るわけではなく、ほとんどはみんなが出勤するまでの準備である。

野菜の盛りつけを少しやり、カレーやソース類を温め、フライの油に火を入れると、あとはボーとしているだけで、たまに来るオーダーはサンドイッチぐらいである。ほとんどヒマである。そしてチーフもいない。そう、誰もいない、自分一人である。周りには自分の金じゃめったに食べられない、でかい海老フライや、好きなだけ厚く切れるステーキや、うまくいけば予約用の伊勢エビまである。そんなチャンスを私が逃がすわけがない。まだダイエットなんかこれっぽっちも考えなくてよかった、スマートでりりしい頃であった。

その日の早出は私にとって二回目の当番であった。前回のときは海老フライを食べようと油を充分に温めて揚げていたのだが、そこにマネージャーと呼ばれる男の人が現れ、

「どうや、だいぶ慣れたか」と話しかけてきたので、その間私は笑顔で答えながらフライ用の長い箸でそのでかい海老フライを必死になって油の底に沈めていたのである。途中海老の頭が油の中ではずれたらしく、ポコンと浮かんできたときは体でカバーして隠しとおしたが、マネージャーが去る頃には海老フライはかなり小さくなり、入浴前の面影はなくなっていた。

だから今回はあんな失敗はしないようにフライ関係はやめることにしていた。一気に王者テンダーロインステーキにいくのである。

私は朝調理場に入ると、やらねばならないことは全てやり、オーダーが通れば作る

だけの状態まで一気にやりとげた。それが終わると周りに誰もいないことを確かめ、昨夜チーフがいなくなった間にそっと冷蔵庫の隅に隠しておいた、ラップに包まれた分厚い牛肉を取り出した。

しかしその肉をすぐ焼いて食べはしない。まず、ステーキ用の厚い鉄板に火を入れ、熱くなるのを待った。その間にすでに熱してあるポタージュスープをすった。美味である。

やがて私は十分に熱した鉄板の上に軽く油をひき、ニンニクを少しのせ、分厚い肉をゆっくりと置いた。

「ジュジュー」

とものすごい音がした。私は肉に向かって「シー」と指を口に持っていったが、肉は聞く耳を持たず、調理場の朝の静けさを破り、やがてニンニクと肉とが共同でかなりのいい匂いを出しはじめた。このままではホールの方にまでこの香りが届くであろう。やばい。私は鼻の穴を大きくふくらませ、その香りを全て体内に吸い込もうとし、鼻を広げて肉に顔を寄せた。プチュンと油がはねる音がして、鼻の穴に油が飛び込んだ。

「ウアッチチチー」と私は調理場を走りまわった。とにかく冷やさなければと思い、鼻の穴に氷をつっ込もうとした。しかし氷が大きいのかなかなか入らない。それでも必死で押していると、スポッと見事に氷は鼻の中に入っていった。その氷のおかげで熱いのはおさまったが、今度は急いでかき氷を食べたときのように頭がキンキンと痛くなってきた。反対側の鼻の穴を指で押さえ「フンッ！」と氷を飛ばして、熱かったのやら冷たかったのやらわからぬままハアハアしていると、

「カツカレーワーン」と声がした。

今忙しいのだと思ったが、仕事である。しかたなく私は自分のステーキを裏返し、音も香りもしないように鉄製のフタをしようとした。そのとき、

「おーう、おはようさーん」とチーフの声がし、調理場のドアが開く音がした。私はフタを横に置きジュウジュウ音をたてているステーキを手でつかみ、フライのところにある小麦粉のトレイに投げ込んだ。そして「アチチチ」と自分の手で押さえながら小麦粉のところまでダッシュし、まだ熱いステーキに小麦粉をまぶし、卵をつけ、パン粉をつけ、油の中にほうり込んだのである。

「おい、俺のラジオ知らんか」チーフは私の後ろを通り、ホールとの境の窓口のところでラジオを見つけ、チラリとオーダーの伝票を見ながら、

「おう、カツカレー通ってるかあ」と聞いた。

「はい、カツ今揚げてます」と答えると、

「そうか」と言ってその場でラジオを聞きはじめてしまった。

私はすばやくステーキのフライを取り出し、サクサクと切り、カレーの上にのせて出したので、チーフにはバレずにすんだ。しかし客はラッキーである。いつもならハムより薄い肉のカツカレーが、その日はテンダーロインステーキのカツが皿からこぼれるぐらいのっているのである。幸せ者である。

ステーキは食べることができなかったが、早出には他にもいいことがあった。当り前のことであるが、早く出たぶん早く帰れるのである。みんなが昼めしを食べ終わり、

「あーあ、今から夜まで長いのお」と言っている頃に「バッハハーイ」と帰れるのである。日曜日や土曜日は帰れないからツライものがあるが、平日の日中にポコンと時間が空くのは最高の気分なのである。

この早出の帰り際は、なるべくすばやく帰らなければならない。特にチーフのそばを通るときは走りながら、

「お先です」と、チーフに聞こえるか聞こえないかぐらいの声で言いながら走り去らないと、

「おい、すまんけど今日は通しでやってくれ」と言われる。通しとは土曜日曜と同じく、そのまま夜まで働くことである。ことに私と小鉄は寮にいるので、ウロウロせずに終わってすぐどこかへ行かないと、

「なんやおまえヒマか、仕事せい」ということになる。

特に高校野球の期間中、午前中に和歌山代表が試合をするときには、ラジオをよく聴いていないといけない。和歌山代表が負けると、その大応援団は必ず帰りにドライブインに立ち寄る。そのときはレストランも大忙しになる。勝ったときは次の試合まで費用がかかるからか、レストランより立ち食いうどんの方が大忙しになる。そのときカケうどんは、その日だけ必勝うどんと名前が変わる。立ち食いうどんをナメてはいけない。

和歌山代表が負けそうなときは、なるべくチーフをラジオのそばへ寄せつけず、

「おい、今どっち勝ってんや」と聞かれても、

「和歌山です、和歌山和歌山和歌山」と言ってすばやく逃げるのである。それがウソだとバレてもいいのである。

「あのボケがあ、ウソつきやがって。なにをさらしのフンドシじゃーボケー」とチーフはそのときは怒るが、あくる日にはコロッと忘れている。なかなかナイスな性格な

のである。そんなスリル満点の早出を何十回と味わい、両手にフライパンを持ち、同時にオムライスの卵をクルクルッと巻けるようになった頃、北陸地方への慰安旅行が、女子従業員全員の反対を押しきって決行された。

「もう、毎年あんなことするから、若い女の子がすぐやめるんや」とウェイトレスの一人が言い、何のことやらさっぱりわからなかったが、チーフを始め男性陣が全員フワリフワリと、あの夏休みの若い女の子がたくさん入ってきたとき以来の浮つきを見せはじめたことで、これは女の子が関係することだなとわかった。小鉄も「ムハハハハ、ムハハハ、ヒヒヒ」と少し前からおかしくなっていたので、これは確実に女性がらみである。女子従業員一同にしてみれば面白くもなんともないであろうが、

「全員参加！　目的は従業員同士の親睦！」と社長命令が下りている。しかし社長は行かず、毎年幹事をやっているマネージャーが従業員同士の親睦はせず、違う方向へ親睦をはかっているらしい。

「今年はゴルフとプロレス！」と行きのバスの中でマネージャーは声高らかに宣言した。

男子は一斉に「ウオー」と言いつつ、さっそくカチカチを始め、女性陣は黙ったまま、小学生のようにビニール袋からおやつを出して食べはじめた。

「去年はボーリングやったけど今年はゴルフかあ。ケーケケケ」と小鉄は不気味な笑い声を出しながらカチカチに参加し、私も、

「プロレスはええけど、ゴルフはなあ」と言いながらビニール袋いっぱいの百円玉を出した。

ホテルに着くまで私たち男性陣は景色なんか目もくれず、トイレも行かず、ずーとバスに乗ったままカチカチを続けていたため、あっという間に着いてしまい、続きは宴会の後でまたやることにした。

私はバスの中でかなりの量の酒を飲み、ホテルの温泉に入る頃には相当いい調子になっており、宴会でまた酒を飲み、そのいい調子はすでに絶好調となってアハハのハーになっていた。

宴会もピークを迎えた頃、突然マネージャーが立ち上がり、

「それでは、ただ今よりゴルフ大会を、さらに続いてプロレスを始めます」と言った。

するとスケスケのネグリジェのようなものを着た、その下はパンツ一丁のネーチャンが三人ほど入ってきて「はいーい」と言った。

このネーチャンたちは少し動いては止まり、少し動いては止まり、止まるたびに三

人で「はいーい」と言った。やがてネグリジェ三人組は私たちの方へやってきて、私の目の前に止まると、一人が私に近づきバッとネグリジェをめくりあげ、私の顔をネグリジェの中に入れて「はいーい」と言った。目の前はスケスケパンツである。天国である。私は本当はこのようなことはキライだが、酒が入りアハハのハ状態になっている。本当はキライなのである。

「デヘヘヘ」と笑う私の元を去り、ネーチャンは広間の中央で「はいーい」と言った。

やがてその中の一人がネグリジェを脱ぎ、そのまま寝ころんで左右に脚を広げた。すると他の二人が少し離れたところにゴルフボールを置き、その横にパターを置いて「はいーい」と言った。

ゴルフ大会開始である。私たちは並んで順番にボールを打ち、左右に広がった脚の付け根あたりを狙うのである。私の番が回ってきて、私は狙いすまして打った。するとゴルフボールはコロコロところがり、ど真ん中に当たったのである。「はいーい！ ホールインワン！」と今まで寝ころんでいたネーチャンが立ち上がり、はいていたパンツを脱ぐと私の頭にかぶせた。言っておくが私はこんなことは大キライである。しかしそのときは酒が入っていた。

私は頭にパンツをかぶり、「ウヒョヒョーイ」と広間を走りまわった。女性陣からは「いやー」と声があがり、男性陣からは「おおお」とどよめきが起こった。

そのゴルフ大会でホールインワンを出したのは私と土偶だけであった。土偶は女性陣を代表して出たのである。「ウガガ」と逃げる土偶にもネーチャンはパンツをかぶせた。チーフは、

「一生かぶっとけ、その方がきれいわい」と言ったが、さすがタコやんはさっと土偶の頭からパンツを取ってやり、

「だいじょーぶかい、アケミ」と言いながらパンツをポケットにしまい込んだ。

「続きまして、プロレスを行ないます」というマネージャーの声に、ネーチャンたちはまたもや「はいーい」と声をそろえ、走って私たちの方へやってきた。ゴルフからプロレスへとネーチャンも忙しいのである。パンツをかぶって走っていた私は、一人のネーチャンに捕まり広間の中央へと連れていかれた。広間の中央にはすでにチーフと小鉄とタコやんがいた。私を入れて四人の男性陣は、ネーチャンたち三人を囲むかたちで四角く配置された。

レフリー役のネーチャンが「カーン」と口でゴングのマネをすると、他の二人が真ん中でプロレスを始めた。そのプロレスは中国のカンフー映画のように、

「はいー、はいはいはいはい」ときっちり形になったものであった。小鉄は大声で、

「コラー何しとんじゃい。おまえら同士でせんと俺にさせんかい」と言った。そのとき、レフリー役のネーチャンが「はいロープ」と言い、一人が小鉄の大切なものをつかんだ。

「うほほーい」と小鉄は天井を向いて言った。

私たちはロープの役である。一人がピンチになるとレフリーが「はいロープ」と言い、レスラー役は私たちの天然ロープをつかむのである。私は普段こんなバカバカしいことは大キライであるが、いかんせん酒が入っている。ましてや女性が助けを求めている。黙ってロープを差し出すのである。

チーフはいい年をして、フレリーが「はいロープ」と言うと、

「こっちやこっち、こっちのロープ」と叫んでは私や小鉄を押しのけてやってくる。こうなればチーフもへったくれもない。

「むこうへいけ、ジジイ」と私や小鉄はチーフを押しのける。

「こらあ、なにをさらしのフンドシじゃ」

「やかましいわい。この死にぞこないが」

「こっちやこっちや、うほほーい」

私たちがもめているのを尻目に、タコやんはスッと近づき「はいロープ」と言われると一歩前に進んで「どうぞ」とうまくやったりしていたが、土偶の突き刺すような視線に気づき「いやそのあの」と元の位置に戻ったりしていた。

その後も宴会は続き、私は宴会が終わる頃には自分の浴衣がどこにいったのかなくなっており、代わりにネーチャンたちのネグリジェを着て、頭にパンツをかぶっていた。浴衣はいくら探しても見つからず、私はその姿のまま家族連れなどと一緒のエレベーターに乗って部屋に帰ったのである。

旅行が終わり、私たちはまたいつもの仕事に戻っていった。朝から夜まで必死に働き、仕事が終わればクタクタで、寮の窓に座りギターを弾きながら涙をポロリ、てなことは私にはなかった。ついこのあいだまで悪ガキだったのが、仕事をしたからといって急におとなしくはならないのである。それに便利なことに、ケンカ相手は毎晩勝手にやってきてくれるのである。

私と小鉄が入っていた寮は他に誰もいないし門限も何もない。そしてその部屋の真下は、オールナイトのゲームセンターである。ゲームセンターの隣はオールナイトのコインスナック、つまり自動販売機がたくさん置いてあるところである。その自動販売機の数も種類もすさまじく、寿司からカレーライス、天ぷらうどん、そば、ラーメン、かき氷、菓子、本、ホットサンドと並んでいる。それに飲み物の販売機が加わるのだからすごい量である。

長距離トラックの人たちがよく利用していたが、ゲームコーナーがあり、夜中に食べたり飲んだりできて広い駐車場がある、となるといろいろな連中がやってくる。いろいろな連中がたくさん集まると、なかにはろくでもない奴らもやってくる。そのろくでもない奴らは私たちが寮でボーとしているだけで、ケンカを始めてくれる。私と小鉄はその音が聞こえたら階下に行けばいいだけである。下りていって他人のケンカを見ていればいい。ジーと見ていればいい。

「見せもんとちゃーうんじゃい」

「何を見てんじゃい、コラー」

と必ず言ってくれる。あとは「ククク」と笑ってやれば、相手は手の届くところまでやってきてくれる。

何も言ってくれないときはウンもスンもない。

「おまえ何メンチ切ってんじゃい」と殴ってやる気を出させてやるのである。

ただ、これにも問題がひとつあった。ゲームセンターや自動販売機用に両替機が置いてあり、その管理のためガードマンのおっちゃんが一人いるのである。このおっちゃんにケンカが見つかると、あくる日の朝には、

「なにをさらしのフンドシじゃーコラー」とチーフの耳に入ってしまう。

「店のガラスまで割りやがってボケ」と、おっちゃんが自分のバイクを倒して割ったガラスまで私たちが割ったことにされてしまう。

このままではいけないと、小鉄がある日、

「おい、これかぶってたら顔がわからへんぞ」とタマネギが入っていたビニールの網を持ってきたので、二人でその網をかぶったがどうもこれは具合が悪く、他人のケンカをじっと見ていても誰も何も言ってくれない。

「ククク」と笑っても、

「おいおい、何か変なのが笑ろてるぞ。むこう行こ」とみんな去っていってしまう。

だから私たちはその方法はやめ、場所を変えて、

「ちょっと来い」と駐車場の隅の暗がりへ連れていくことにしたのである。

「こらおまえら、何メンチ切ってんじゃい」とその日の私たちの相手は言ってきた。

「やかましいわい、ちょっと来い」と私はゲームセンターを出て駐車場へ行こうとした。

「なんなあ、どないしたんなあ」と声がして、自動販売機の方から五人の男が歩いてきた。

「おう、ケンカや、ちょっと来てくれ」と私の前に立った男が言った。三人が八人になってしまった。もう駐車場まで行っている余裕はない。私は目の前の男を蹴り、横にいた男の鼻を思いきり殴った。小鉄も自分の前の男の両耳を持ち頭突きを入れていた。

「何さらしてんじゃい、コラアー」と五人の男は一斉に殴りかかってきた。私は自動販売機の脇にあった空きびん入れを持って一人の頭を殴ったが、三人に押さえつけられ、顔を何回も蹴られた。小鉄はベンチで殴られたらしく、頭からはかなり血が出ていた。

「小鉄、いけるか」と私が言うと、

「こんなもん、へでもないわい」と小鉄は言った。私は鼻の骨が折れたらしい。

「いつでも来い、ボケ」と言いながらその男は倒れている小鉄の顔に唾を吐き、私の顔を踏みつけていった。レストランの近所にあるオールナイトの喫茶店の名を言っていた。

「おい、いつ行く」と小鉄は体を起こして言った。髪の毛が血で固まっている。

「いますぐや」

私は立ち上がり、バイクに向かった。

その喫茶店はレストランからそれほど離れていなかった。一度喫茶店の前を通り過ぎ、もう一度戻ってきてからバイクのエンジンを切った。

「どや、おるか」と私が聞くと、店の扉を細めに開けて中の様子をうかがっていた小鉄は、

「おるおる、間違いなしや」と言った。

私は鉄パイプにビニールテープを巻いたものを持っていた。小鉄は水中銃を手にタバコをふかしている。

「下手したら死んでまうぞ」と私は小鉄の水中銃を見つめて言った。

「俺の顔にツバはいたんや。それぐらい覚悟してもらわんと」と小鉄は言い、私のタバコに火をつけてくれた。口の中が痛んだ。

「もう一回で終わりと違うんか」と小鉄は私の顔を見て言った。

「そうや」と私は言い、店のドアを見た。

私はそれまでに裁判所に七回送られていた。そのたびに「反省しているようだし」と、親元で様子を見ることになったが、七回目のときには、

「私の力ではもう今回までです。次に来るときはもう話し合いという方法ではないと思ってください」と言われていた。

「おまえもやろ」と私が言うと、小鉄は、

「おう、終わりやろの」と言った。小鉄も何度か送られており、最後に行ったときは母親が「もう好きにしてください」と席を立ってしまった。そのときは一応帰れたが、

「もう次は家に帰れんよ。警察から直接鑑別所に行くことになるよ」と言われていた。

「そうか、ほんならへタうったら、少年院に送られるかしれるのお」と言うと、

「そうや、まあそのときはそのときや」と小鉄は言った。

「サイ、どないしてんやろのお」と私は言い、タバコを捨てた。フィルターに血がにじんでいた。

「あいつ、中等まで行ったらしいのお」と小鉄は言った。サイは鑑別所に送られた後、中等少年院に送られていた。

「つきおうてた女、他の奴と結婚するらしいし、つらいやろのお」と小鉄は言い、店のドアを見つめた。

「ガイラとこも、もうあかんらしいわい」と私は言い、ガイラと一緒に暮らしていたウミちゃんのことを思い出していた。彼女も今は別の人と暮らしはじめている。

「みんなバラバラやの」と小鉄は言いながら溜息をついた。

「そうや、バラバラや」と言いながら私は自分の家のことを考えていた。私が家に帰らないでいる間に父と母は別居生活を始めていた。母はついにぐうたらの父に見切りをつけたのであろう。それでも父は酒を飲むと母の元へやってきては暴れるらしい。

「そろそろ家に帰ったらな、おばちゃんかわいそうや」とリョーコが言っていた。

「俺、近いうちに寮出ていくかもしれんぞ」と私は言った。

「家に帰るんか」と小鉄はドアを見つめたまま言った。

「そうや」と私は言いながら同じようにドアを見つめ、

「おまえは帰らへんのか」と聞いた。

「あんな家、だれが帰るかい」と小鉄は言いながら水中銃を持ち上げた。

「妹、このあいだも来てたやんけ」と私は言いながら鉄パイプを握りしめた。

「あのアホは、来るなて言うても来やがる」と小鉄は言いながら立ち上がった。

「ええ子や」と言いながら私も立ち上がった。

店のドアが開き、中から大きな笑い声と音楽が聞こえた。

「いこか」

と私は歩き出した。

「いこ」

と小鉄も歩き出した。

あとがき

最近、物忘れが激しい。買い物に出掛けようと家を出ても、駐車場までは覚えているがパタンと車のドアを閉めたとたん、その音で何を買いに行くのかを忘れてしまう。そのうち思い出すだろうと走りはじめても、自転車ですっ転んだ女の人のパンツが見えてしまうと「うほほーい」と喜んだとたんに何処に行くのかさえ忘れてしまう。一人港で夕日を見ながら、ひざ小僧を抱えて落ち込んでしまうことが多い。そのうち港からの帰り道さえ忘れてしまうだろう。楽しみである。しかし、どうしても忘れられないこともある。

肩で風を切って歩いていた頃——

何も恐いものなどなく、世の中の中心は自分自身だと思い、うぬぼれだけを両肩に乗せ、へなちょこな風を肩で切って歩いていた頃。

少しずつ風が強くなり、ある日突然「やめたー」と言いながら上手に歩くことを覚える少し前の、どんな強い風のときでもまばたきさえしなかったあの頃。その頃のことだけは未だにハッキリと覚えている。

「男というのはなあ、外では暴れまくって肩で風切って歩くもんじゃい。そやけどそのぶん内には信じられんぐらい優しいもんや。そんな男にならんかい」尊敬する父のお言葉である。五分ほど前に「みそ汁のワカメが少なーい！」とちゃぶ台をひっくり返して暴れた男の言葉とは思えないが、まだ若かった私は、「よっしゃ、そんな男になったるワイ」と心に決め、自分の言葉に酔いながら遠い目をしてボーとしている父のふところから、そのための軍資金を黙って抜き取ったりしたものである。しかし、外で暴れるのにはかなりの自信があったが、内で優しくの方が若い私にはなかなかむずかしく自信がなかった。それなら家に帰らなきゃいいんだ、よし、外で暴れる方に的を絞ろうと決心し「風呂に行ってくる」で半年、「タバコを買ってくる」で一年とほとんど家には寄りつかなかった。それも父の教えを必死に守ろうとする一種の親孝行であったと思う。健気である。そんな健気な孝行少年が私の周りにはたくさんいて、全てが肩で風を切って歩いていた。

肩で風を切って歩いていた頃——

書ききれなかったこともあるかも知れない。イレズミを入れてもらうのに、お茶づけ海苔の袋を持って行き「これと同じようにしてくれ」と言って、梅干し茶づけの文字まで彫られてしまった小鉄。失った小指用のギプスを自作し、ハナクソを取ろうとしてそのギプスが鼻から抜けなくなって病院へ駆け込んだガイラ。その後無事教員となり「こらー勉強ばっかりしてたら、かしこなってまうぞ」と生徒に怒るウルトラマン。「人間、忘れてええことと、どんなことがあっても忘れたらあかんことがあるんやで」そう言って他界したヨウショク屋のオバア。

あの頃のことはどちらに入るのか。もう少しの間ぐらいは忘れないでいようか――

中場利一

一九九四年九月

抜け殻のときに出会った本

井筒和幸（映画監督）

一九九五年に公開された映画『マークスの山』の冒頭シーン。

犬が死体の目玉をもぎ取り、それを咥えたままウロチョロとする。

世田谷の路上での撮影で、ボロ布をまとい仰向けにひっくり返っていた死体役が私だった。

当時、プー太郎のような状態だった。

旧知の崔洋一監督に担ぎ出された。これまた旧知の浜田キャメラマン（以下、浜さん）もいた。ボロ布の衣裳合わせを、同窓会のようなノリでしていた。ふと、監督が席を外すと、浜さんが近づいてきて、私にこう言う。

「面白い原作があってね」

この映画の撮影で、北アルプスに行っていた浜さんが、天気待ちの間に山小屋で読んでいたのが『岸和田少年愚連隊』だった。こう続ける。

「あんたしか映画にできへん。絶対面白いから読んでみて」

私はその時、小説を読む気分ではなかったから、読まなかった。

その一〇日後ぐらいに、私がナンバで本物のプー太郎をしていた頃に世話になっていたグラフィックデザイナーの日下潤一さん（以下、おにいちゃん）の早稲田にあるデザイン事務所をフラッと訪ねた。「最近、何してんねん？」「映画で死体役してでん」といった会話をしていると、おにいちゃんのデスクの上に五冊ほど詰まれた本に目が止まった。

「おにいちゃん、その本、デザインやったん？」

「そうや、『岸和田少年愚連隊』っちゅうねん。大阪のガキの話でな、オモロイから読んでみぃ。一冊やるから持って帰り」

浜さんが言っていた本である。しかし、本を読む気分ではなかったのだ。ほっておいた。

すると一週間後、松竹のプロデューサーから電話があった。

「浜田さんが言った本は読みました？」

「読んでへんわ」これはまずい、「いや、ちょっと読んだかな」と答えると、

「ウチで映画化することにしました、オモロイから最後まで読んどいて」

と言う。で、読んだわけである。

一九八一年のデビュー作『ガキ帝国』以来、不良映画を撮ってこなかったが、これならばいま撮ってみようかという気持ちになった。

ポリティカルな話ではない。たわむれている少年たち。不良の志。無目的な気分と日常。少年たちは、明日をわずらうことなく、いまを精一杯生きていた。

「オレの映画やな」そう思った。

暴力を介してしか伝えられない想い。痛みを通してしか感じられない充実感。ケンカ三昧の映画にして、少年たちの生きている様を撮ろうと思った。

九五年の春のことだった。

それから月に一度ほど、松竹からシナリオが第一校、二校、三校と届けられた。しかし、面白くない。ケンカの具体的な描写がない。テンポのよい会話もない。原作のよさが消えている。四ヵ月ほどしてプロデューサーから電話があった。

「このままじゃ映画にできないかもしれない。自分でシナリオを書いてほしい」

それまでシナリオを書いたこともなく、かなわんな、と思った上、二つ条件がつけられた。ひとつは一〇日間で仕上げろ、もうひとつはヘルマン・ヘッセの『車輪の下』のようにしてほしい、というものだった。ほんまかいな、と思いつつ、翌日から私は築地の熱海荘にカンヅメになることになった。もちろん、一人で書き上げるつもりはない。セカンドプロデューサーでライターもできる榎ちゃんを道連れにした。要は私がしゃべり、彼がワープロに打つのだ。まだ、さみしい。もう一人呼ぼう、ということになり、白羽の矢が立ったのが、中場クンだった。

行間の裏にある表情、ギャグの細かい言い回し、ケンカのときの体の動き、リンチされるときの心境、などすべて彼から引き出しながら、少しずつ書いていった。もちろん、ちょっと書いたら寿司を食い、腹が減ったらラーメンを食い、酒を飲みすぎて何もしない一日もあるという調子で。三人で無言のまま二時間くらい黙考することもあった。中場クンと摑み合いながらケンカのシーンを再現したこともあった。

約束の一〇日目に、二八〇〇行、二時間分ぐらいの量のシナリオになった。

「殴りこんでいくシーンで終わりやな。これでダメなら終わりや。この素晴らしさがわからん松竹が悪い」

などと言いながら、徹夜のまま迎えた朝八時ごろに脱稿した。眩しかった朝日をいまも覚えている。四時間ほどして、プロデューサーから呼び出された。

「完璧や、印刷に回すで。楽しみや。せや、この主人公はナインティナインな」

そのとき初めて主役のキャストを聞いた。

中場クンも大阪に戻っていった。新幹線の中で改めて最初から最後まで読んだらしく、到着した新大阪のホームから電話がかかってきた。

「監督、最高ですね。たくさん笑って、二回泣きました。おかんとの別れのシーンええですわ」

映画を撮る気もなく、本を読む気もない。抜け殻のときに偶然が重なり、とんでもない課題を与えられたものだ。
二、三ヵ月の準備期間を経て、九五年一〇月、われわれは岸和田に乗り込んだ。
同作がブルーリボン賞を受賞した時、私はラスベガスにいた。なぜか寝つけなく朝の五時ごろに、ひとりカーテンをあけ、夜が明けはじめる砂漠をじっと見ていた。そんなときに、突然、部屋の電話が鳴った。親が死んだのか、と思った。だが、声の主は興奮した榎ちゃんだった。

「こっちはブルーリボン賞とりました！　ナイナイが新人賞です」

「それはよかったなぁ」

「他人事じゃないですよ、作品賞ももらってますよ」

これが『岸和田少年愚連隊』をめぐる私の物語だ。

デビュー作『ガキ帝国』から一五年がたっていた。そしてまた一〇年がたとうとしている。

久しぶりに不良少年の群像劇でメガホンをとった。少年たちのピュアな心。経験はないが、大人たちを反面教師にして胡散臭さを見ぬいている。数値化できない熱をもって、大人が与えようとする枠組を跳ね返す。悩みを感じながら、暴力と痛みでしか何かを表現できない頃――。岸和田に暮らしたチュンバ、小鉄たちが持っていた熱と同じだ。

そして、私の不良青春映画の集大成として『パッチギ！』は完成した。激動の一九六八年の京都の朝鮮高生と府立高生らの物語だ。二〇〇五年一月の公開になる。

このタイミングで本書が文庫化されることにも、時代の巡りと偶然の重なりを感じる。

二〇〇四年十二月三日

本書は一九九四年一一月に本の雑誌社より
単行本として刊行され、二〇〇一年八月に
幻冬舎文庫に収録された作品です。

日本音楽著作権協会（出）許諾第０４１７２０４－４０１号

|著者|中場利一　1959年、大阪府・岸和田市生まれ。高校中退後、「本の雑誌」への投稿がきっかけで、'94年に自伝的小説の本書『岸和田少年愚連隊』でデビュー。その他の作品に『岸和田少年愚連隊　血煙り純情篇』(講談社文庫)、『同　望郷篇』『同　外伝』『同　完結篇』(以上、本の雑誌社)、『スケバンのいた頃』(講談社)、『岸和田のカオルちゃん』(講談社文庫)、『リョーコ』(角川書店)、『スピン・キッズ』(徳間書店)、『どつきどづかれ』(徳間文庫)、『えんちゃん』(マガジンハウス)、『野山課長の空白』(幻冬舎)等がある。

岸和田少年愚連隊《きしわだしようねんぐれんたい》

中場利一《なかばりいち》

講談社文庫

定価はカバーに
表示してあります

2005年1月15日第1刷発行

発行者——野間佐和子
発行所——株式会社　講談社
東京都文京区音羽2-12-21　〒112-8001
電話　出版部　(03) 5395-3510
　　　販売部　(03) 5395-5817
　　　業務部　(03) 5395-3615

Printed in Japan

デザイン—菊地信義
本文データ制作—講談社プリプレス制作部
印刷——豊国印刷株式会社
製本——加藤製本株式会社

落丁本・乱丁本は購入書店名を明記のうえ、小社書籍業務部あてにお送りください。送料は小社負担にてお取替えします。なお、この本の内容についてのお問い合わせは文庫出版部あてにお願いいたします。

ISBN4-06-274973-4

講談社文庫刊行の辞

二十一世紀の到来を目睫に望みながら、われわれはいま、人類史上かつて例を見ない巨大な転換期をむかえようとしている。

世界も、日本も、激動の予兆に対する期待とおののきを内に蔵して、未知の時代に歩み入ろうとしている。このときにあたり、創業の人野間清治の「ナショナル・エデュケイター」への志を現代に甦らせようと意図して、われわれはここに古今の文芸作品はいうまでもなく、ひろく人文・社会・自然の諸科学から東西の名著を網羅する、新しい綜合文庫の発刊を決意した。

激動の転換期はまた断絶の時代である。われわれは戦後二十五年間の出版文化のありかたへの深い反省をこめて、この断絶の時代にあえて人間的な持続を求めようとする。いたずらに浮薄な商業主義のあだ花を追い求めることなく、長期にわたって良書に生命をあたえようとつとめるところにしか、今後の出版文化の真の繁栄はあり得ないと信じるからである。

同時にわれわれはこの綜合文庫の刊行を通じて、人文・社会・自然の諸科学が、結局人間の学にほかならないことを立証しようと願っている。かつて知識とは、「汝自身を知る」ことにつきていた。現代社会の瑣末な情報の氾濫のなかから、力強い知識の源泉を掘り起し、技術文明のただなかに、生きた人間の姿を復活させること。それこそわれわれの切なる希求である。

われわれは権威に盲従せず、俗流に媚びることなく、渾然一体となって日本の「草の根」をかたちづくる若く新しい世代の人々に、心をこめてこの新しい綜合文庫をおくり届けたい。それは知識の泉であるとともに感受性のふるさとであり、もっとも有機的に組織され、社会に開かれた万人のための大学をめざしている。大方の支援と協力を衷心より切望してやまない。

一九七一年七月

野間省一

講談社文庫 最新刊

中場利一
岸和田少年愚連隊
天下無敵の痛快爆笑青春悪童小説。ときに切ない岸和田を舞台にした自伝的デビュー作。

岸和田少年愚連隊 血煙り純情篇
日々ケンカときどき恋。甘酸っぱくも血が騒ぐ映画化された自伝的人気シリーズ第2弾！

青木　玉
上り坂下り坂
祖父・幸田露伴、母・文《あや》の暮らしを継ぐ筆者が、東京・小石川の家の日々を書きつづった随筆集。

青木奈緒
うさぎの聞き耳
21世紀を生きる筆者が、幸田露伴から四代続く筆に冴えを見せて書きとめた、人との出会い。

遙　洋子
結婚しません。
「普通のシアワセ」に仕掛けられたワナを鋭く見抜いて軽快に論破する、痛快エッセイ。

谷村志穂
レッスンズ
動物学者志望の女子大生と崩壊家庭で暮らす女子中学生。出会いが奇蹟を呼ぶ感動長編！

松尾由美
ピピネラ
「ピピネラ」。不可思議な言葉を残して夫がいなくなった。夫捜しの旅で出会ったものは。

出久根達郎
二十歳のあとさき
昭和30年代の東京下町。古本屋に勤める少年たちが出会うほろ苦い体験を描く青春小説。

藤沢周平
新装版 闇の歯車
江戸の闇にうごめく5人の男と、それぞれに関わる女達の哀しく数奇な人生を描く名編。

石川英輔
大江戸庶民いろいろ事情
目から鱗のリアルな江戸文化を完全ガイド。あなたの常識を覆す好評シリーズの第10弾！

橘　蓮二
監修・高田文夫
大増補版 おあとがよろしいようで 東京寄席往来
昭和の末、寄席の空気をみごとに切り取った伝説の写真集がボリュームアップして再登場。

町田　康
耳そぎ饅頭
偏屈ではいかんのか。人の、社会の、世間の輪の中を彷徨するパンク魂を綴るエッセー。

大西巨人
五里霧
一九三一年から一九九二年までの、ある年ある月の出来事を手懸りに、当時の時代相を抉り、人間の生を問い直す十二の物語で構成されたオムニバス「十二か月物語」。

椎名麟三
神の道化師・媒妁人 椎名麟三短篇集
家出少年が最底辺で見た庶民の救いのない生を苛烈なリアリズムと突き抜けたユーモアで描く傑作「神の道化師」等、思想的遍歴を重ねた著者中期以降の短篇を精選。

窪田空穂
窪田空穂歌文集
空穂の代表的短歌をはじめ、来し方を記す「母の写真」や「歌人和泉式部」などの短歌・和歌論、他に日々を綴ったエッセイ「香気」「都市に残る老樹」等を収める。

講談社文庫　目録

夏樹静子　贈る証言〈弁護士朝吹里矢子〉
中井英夫　新装版虚無への供物(上)(下)
長尾三郎　虚構地獄　寺山修司
長尾三郎　人は50歳で何をなすべきか
長尾三郎　週刊誌血風録
南里征典　箱根湖畔欲望殺人
南里征典　欲望の仕掛人
南里征典　秘命課長狙われた美女
南里征典　華やかな牝獣《めじゅう》たち
南里征典　軽井沢絶頂夫人
中島らも　しりとりえっせい
中島らも　今夜、すべてのバーで
中島らも　白いメリーさん
中島らも　寝ずの番
中島らも　さかだち日記
中島らも　バンド・オブ・ザ・ナイト
中島らもほか　輝きの一瞬〈短くて心に残る30編〉
中島らも編・著　なにわのアホぢから
中島らも／チチ松村　らもチチ　わたしの半生〈青春篇〉〈中年篇〉

鳴海章　風花
長村キット　英会話最終強化書
長村キット　3語で話せる英会話〈英会話最終強化書2〉
長村キット　こんなときどう言う英会話辞典〈英会話最終強化書3〉
中嶋博行　検察捜査
中嶋博行　違法弁護
中嶋博行　司法戦争
中嶋博行　第一級殺人弁護
中村天風　運命を拓く〈天風瞑想録〉
夏坂健　ナイス・ボギー
夏坂健　ゴルフの神様
中村智志／写真・裵昭　路上の夢〈新宿ホームレス物語〉
中場利一　岸和田のカオルちゃん
中場利一　バラガキ〈土方歳三青春譜〉
中山可穂　感情教育
仲畑貴志　この骨董が、アナタです。
中保喜代春　ヒットマン〈獄中の父からいとしいわが子へ〉
中村うさぎ　中村うさぎの四字熟誤
中村泰子　「ウチら」と「オソロ」の世代〈東京・女子高生の素顔と行動〉

中山康樹　ディランを聴け!!
西村京太郎　天使の傷痕
西村京太郎　名探偵なんか怖くない
西村京太郎　D機関情報
西村京太郎　殺しの双曲線
西村京太郎　名探偵が多すぎる
西村京太郎　ある朝海に
西村京太郎　脱出
西村京太郎　四つの終止符
西村京太郎　おれたちはブルースしか歌わない
西村京太郎　名探偵も楽じゃない
西村京太郎　悪への招待
西村京太郎　名探偵に乾杯
西村京太郎　七人の証人
西村京太郎　ハイビスカス殺人事件
西村京太郎　炎の墓標
西村京太郎　特急さくら殺人事件
西村京太郎　変身願望
西村京太郎　四国連絡特急殺人事件

2004年12月15日現在